BALSEROS

ERNESTO OCHOA

BALSEROS

IBERIAN STUDIES INSTITUTE

LETRAS DE ORO

Colección de obras premiadas en el concurso literario
«Letras de Oro»

LETRAS DE ORO

Con unos veinte millones de hispanoparlantes, Estados Unidos constituye el sexto país del mundo de habla española. Para reconocer los esfuerzos creativos que se llevan a cabo en este país en el idioma español, la Universidad de Miami y American Express establecieron el concurso literario «**Letras de Oro**» en enero de 1986. De 1986 a 1990 American Express fue la empresa patrocinadora de este certamen. Las convocatorias de los años 1991 y 1992 fueron patrocinadas por la fundación Spain 1992 (en representación de tres entidades dependientes del gobierno de España: el Instituto de Cooperación Iberoamericana, la Sociedad Estatal y la Comisión Nacional del Quinto Centenario), con sede en Washington, D.C. Desde 1993 «**Letras de Oro**» ha sido patrocinada por la Dirección General de Relaciones Culturales de la Secretaría de Estado para la Cooperación Internacional y para Iberoamérica del Ministerio de Asuntos Exteriores de España.

Pueden participar en este certamen los residentes en los Estados Unidos.

La Universidad de Miami coordina la evaluación de los trabajos presentados mediante la colaboración de un jurado integrado por catedráticos de diversas universidades de los Estados Unidos.

Los premios del concurso se adjudican anualmente en los siguientes géneros: cuento, ensayo/crítica literaria, novela, poesía y teatro.

Cada premio consiste de una dotación económica de US $2,500, un diploma de honor y la publicación de la obra premiada en la colección «**Letras de Oro**».

Premios Literarios
LETRAS DE ORO
Para obras escritas en español en los Estados Unidos
Bases

1. Participación: residentes (de cualquier nacionalidad) en los Estados Unidos.

2. Géneros: Novela, Cuento, Teatro, Poesía, y Ensayo/Crítica Literaria.

3. Premios: $2,500 dólares en efectivo (anticipo de los derechos de autor de la publicación de las obras en la colección Letras de Oro) y un diploma de honor.

4. Extensión de los trabajos: en forma de libro convencional según los géneros (en cuento y poesía: suficientes textos para formar un libro; en ensayo: mínimo de 100 páginas).

5. Condición inédita: toda obra deberá ser inédita y escrita en español. No se aceptan obras, incluso inéditas, que hayan recibido algún tipo de premio local, nacional o internacional. Tampoco se aceptan obras que hayan resultado finalistas de Letras de Oro en años anteriores.

6. Identificación: cada trabajo deberá tener dos páginas titulares. En la primera (no adherida al resto del manuscrito), se indicará el nombre del autor (o seudónimo), el título de la obra (lema o expresión ficticia), el género en que participa, una dirección (o casilla postal) y un teléfono. La segunda página titular (la única que recibirán los jurados) sólo llevará el título. Ninguna identificación personal debe aparecer en parte alguna del manuscrito.

7. Formato: escritos a máquina (o en cualquier método informático), a doble espacio, por sólo una cara en páginas 8.5 x 11 pulgadas.

8. Número de copias: tres (no originales).

9. Fecha límite de presentación: el 12 de octubre de cada año, Día de la Hispanidad, es la fecha límite para entregar manuscritos.

10. Anuncio de premios: los premios se otorgarán durante una ceremonia que tendrá lugar en el mes de marzo siguiente.

11. Devolución de manuscritos: únicamente por correo, previo envío junto a la obra presentada de un sobre (con suficiente franqueo), un nombre (aunque sea seudónimo, de un familiar o amigo) y una dirección postal.

Para mayor información y envío de los trabajos, escriba o llame a: Letras de Oro, University of Miami, 1531 Brescia Ave., P.O. Box 248123, Coral Gables, FL 33124 (305)284-3266; Fax: (305) 284-4406.

Para mis hijos Tony, Kevin y Daniel,
por las horas de atención y juegos que les robé.

Para Marina,
por compatir con amor
la soledad del matrimonio con un escritor.

DEDICATORIA

Una noche, en medio de la agonía que produce una cuartilla en blanco, se me acercó mi hijo de siete años y cándidamente me preguntó:

—¿Papi, de dónde tú inventas eso?

Traté de explicarle la diferencia que existe entre una historia y una mentira.

Hay historias menos conocidas, pero no por eso dejan de ser ciertas.

No lo comprendió.

Esta es una obra de ficción. Sólo que algunos de sus personajes, los que tuvieron suerte, lograron cruzar el Estrecho de la Florida y hoy caminan tranquilamente por las calles de cualquier ciudad.

Otros, con menos suerte, esperan que pasen los días en las cárceles cubanas para volver a intentarlo.

Los últimos, sin ninguna suerte, desaparecieron para siempre en el mar o fueron devorados por los tiburones.

Especialmente a éstos, a los que nunca llegaron, quiero dedicarles esta historia. Sus familiares saben que hay historias menos conocidas, pero no por eso dejan de ser dolorosamente ciertas. Mi familia lo sabe por experiencia propia.

Ernesto Ochoa
Junio 1991

Capítulo Uno

Las luces del camión iluminaron la estrecha carretera. El conductor, un hombre joven y grueso de abundante barba negra, manejaba el vehículo con calma y maestría. Al llegar a la entrada de Santa Cruz del Norte aminoró la velocidad. Con el motor en baja atravesó las concurridas calles del pueblo, en las que sus habitantes festejaban el carnaval. Al salir, aceleró nuevamente. Tres kilómetros después torció a la izquierda y se internó por una estrecha callejuela. Cien metros más adelante ésta se convirtió en un polvoriento terraplén que conducía a la costa. Al llegar al terraplén, el chofer apagó las luces y avanzó nuevamente con el motor en baja unos quinientos metros. Frenó y se bajó del camión. Lo rodeó y golpeó la puerta metálica que cerraba la cama del vehículo. Se escucharon ruidos y voces en el interior. La puerta se abrió. Tres sombras saltaron a tierra.

—Ya llegamos —dijo el chofer en voz muy baja.

Eran las diez y quince minutos del veinticinco de julio de mil novecientos noventa. La noche, calurosa y oscura, se cerraba en aquel apartado paraje de las afueras de La Habana. La luna cabalgaba sobre el oscuro lomo de las nubes ocultándose intermitentemente detrás de ellas, que eran empujadas blandamente por un suave brisote.

—Ahora arranca en baja y ve con las luces apagadas hasta llegar al lado de unos matorrales que hay a la derecha del camino, como a cuatrocientos metros de aquí. Allí vamos a descargar las cosas —Pedro, un joven trigueño y delgado, le indicó al conductor—. Después vuelves para atrás con el camión y lo llevas para Santa Cruz —repitió a media voz la primera parte del plan mientras los otros lo escuchaban en silencio—. Ve despacio y déjalo en algún lugar que no llame mucho la atención. Después vienes caminando para acá. Te esperamos en esos matorrales —señaló hacia unas sombras que se erguían contra la penumbra del mar—. ¡Nos fuimos! —concluyó la corta explicación. La luz plateada de la luna brilló sobre la amplia frente de Pedro.

Volvieron a montar y el conductor arrancó en baja avanzando lentamente por el oscuro terraplén. Al llegar al lugar indicado, los cuatro hombres saltaron a tierra y comenzaron a descargar rápidamente lo que traían. Uno desde arriba le iba alcanzando los objetos a otro que permanecía a los pies de la puerta. Los otros dos iban acarreando las cosas hasta ocultarlas en un espeso matorral que estaba a quince o veinte metros de la cuneta. La operación se desarrolló con rapidez y en silencio. Cuando terminaron de sacarlo todo, Pedro se acercó nuevamente al chofer.

—¡Dale ya! Arranca y vete con las luces apagadas. Ve despacio y parquea a la entrada del pueblo. Ven caminando para acá. Son como tres kilómetros que te los puedes echar en veinte o treinta minutos —hablaba en un susurro con la respiración entrecortada por la tensión y el esfuerzo—. Te esperamos en esos matorrales. Son las diez y treinta y cinco. ¡Apúrate! —lo despidió con una palmada en el hombro.

El gordo de la barba, que se llamaba René, montó en el vehículo y comenzó a llavear el chucho del encendido.

El rugido seco se escuchó en medio de aquel silencio como un tronar lejano. René nerviosamente continuaba forzando la llave sin lograr la chispa del encendido.

—¿Qué pasa? —la silueta pequeña y maciza de Tito se asomó por la ventanilla.

—¡Esta mierda no arranca! —susurró el de la barba mientras continuaba tratando de encender el motor—. ¡Me cago en su madre! —golpeó el timón haciendo sonar el claxon.

—¡Estás comiendo mierda! —Tito se introdujo en la cabina—. ¡Déjame probar!

René de mala gana se corrió. Después de varios intentos el otro puso en marcha el camión.

—¡Estás del carajo!

Arrancó con fuertes acelerones. Pedro y el cuarto integrante del grupo, a quien le decían el Rubio, se pararon desde su escondite y vieron como el vehículo se alejaba a gran velocidad entre una nube de polvo. La sombra alargada del Rubio se destacaba entre los arbustos.

—¿Qué coño le pasa a René? —el más alto le preguntó a Tito que se acercaba al trote.

—Está muy nervioso —respondió al llegar.

Cuando dejó de escucharse el ruido del motor, los tres hombres se agazaparon detrás de los arbustos y estuvieron varios minutos al acecho de cualquier movimiento o sonido que denotara alguna presencia extraña. La noche continuaba serena y calurosa. La suave brisa hacía susurrar los altos hierbazales que señoreaban el lugar. Nada parecía perturbar los planes del pequeño grupo que se ocultaba en los matorrales. Eran las diez y treinta y ocho minutos.

—Vamos a empezar —susurró Tito, con ambas rodillas hincadas en la tierra, halando hacia sí una de las grandes gomas negras.

—Amarra primero el fondo a las cuatro cámaras —dijo el Rubio buscando entre el reguero de objetos allí tirados las mallas de soga que habían preparado con ese fin—. ¡Con esta oscuridad no se encuentra nada!

Comenzaron a atar una a una las sogas que servirían de fondo a cada cámara. Cuando las tuvieron sujetas fijamente a las circunferencias de goma negra, empezaron a colocar las lonas que irían sobre las mallas, para evitar dentro de lo posible el contacto directo con el agua y la posibilidad de que las piernas se introdujeran por los espacios que dejaban las sogas entrecruzadas a quince centímetros una de otra. Al terminar, amarraron las cuatro cámaras entre sí con sogas de nylon. Entre las sogas y la superficie de las gomas colocaron pedazos de saco de yute para evitar que el rozamiento pudiera reventarlas. La embarcación comenzaba a tomar forma.

Trabajaban con precisión en medio de la oscuridad. Cada cual sabía lo que le correspondía hacer. Cada cierto tiempo se detenían un momento y aguzaban el oído y la vista. Los alrededores permanecían tranquilos, con la suave brisa arrullando los altos hierbazales. La balsa tenía una forma romboidal lograda al amarrar las cuatro gomas de forma tal que cada una estuviera atada a otras dos. Así quedaban dos espacios en la intersección de tres cámaras, los cuales podían ser utilizados como lugar para acomodar las provisiones o los sacos de lona.

—¿Dónde está la lona grande? —preguntó una voz.

Las tres sombras a gatas rebuscaron entre las hierbas y los arbustos. La lona que cubriría la embarcación por la parte exterior no aparecía.

—¿Se habrá quedado en el camión? —susurró la misma voz.

El Rubio se separó de los otros y con el cuerpo inclinado lanzó una carrera hasta donde había estado parqueado el vehículo. Buscó rápidamente por los alrededores y al no encontrar nada volvió en dirección a los matorrales. En el trayecto tropezó con un bulto, lo recogió y se dirigió hacia las sombras que continuaban buscando desesperadamente en medio de la oscuridad.

—Estaba en el camino —dijo tirando el bulto sobre la hierba.

Entre los tres rápidamente lo desplegaron. En los bordes de aquella enorme circunferencia de lona habían hecho unos agujeros a través de los cuales introdujeron una larga soga de nylon. La lona ocupaba un área poco mayor que las cuatro cámaras juntas. La irregularidad del terreno les dificultaba el trabajo.

—Traigan las gomas —murmuró Pedro sosteniendo los dos extremos de la soga que circundaba la lona.

En ese momento un haz de luz rompió la oscuridad de la noche. Los tres simultáneamente se lanzaron al suelo. Un par de luces avanzaban por el terraplén a poca velocidad. No podían distinguir qué clase de vehículo era.

—¿Será René? —preguntó Pedro, que se encontraba agachado junto al Rubio.

—¡Psss! —Tito lo silenció.

El vehículo avanzaba lentamente. Se escuchaba con claridad el ruido del motor. Cuando llegó a cien metros paró y apagó las luces. Esperaron varios minutos. Nadie se bajaba. Continuaron echados entre la hierba. De pronto un resplandor rojizo iluminó el interior del vehículo. Uno de sus ocupantes prendió un fósforo y en la penumbra se distinguieron dos siluetas muy próximas una de la otra.

—Debe ser alguna pareja que no tiene donde meterse —susurró el Rubio al oído de Pedro.

—¿Quieren que me acerque un poco a ver? —cuchicheó Tito.

—Espera a ver si se van —respondió el Rubio en el mismo tono de voz.

Quedaron echados sobre la húmeda hierba varios minutos. Los del auto no se bajaban y los minutos volaban. Las nubes continuaban pasando sobre ellos dejando que los rayos de la luna aclararan esporádicamente el oscuro paisaje.

—Ya son las diez y cincuenta y dos. —Pedro observó las lumínicas manecillas del reloj—. A las once y treinta pasa la pareja de guardias con el perro. Esos comemierdas nos van a echar a perder todo —hablaba rápido y a media voz.

—Todavía falta acabar de armar la balsa —susurró Tito—. Vamos a caerle a pedradas al carro. Seguro se asustan y se van.

—No, tú no sabes quiénes son —lo cortó el Rubio.

—Pero no podemos seguir esperando —Pedro se preocupó.

—Yo les voy a decir que se vayan —el Rubio se arrodilló y caminó a gatas hasta donde estaban los bultos. Haló uno de los bolsos de lona y sacó una camisa. Se quitó la que tenía puesta y se puso la que acababa de sacar. Era una de las que usan los militares, de color verde-olivo con dos bolsillos en el pecho. Se quitó el cinto y se lo colocó a modo de zambrán. Volvió a registrar y sacó una linterna.

—¡Tú estás loco! —lo trató de detener Pedro.

—¡Espérense aquí! ¡No se paren! —se lanzó con el cuerpo inclinado entre los hierbazales en dirección al auto. Lo rodeó y se acercó por detrás. Cuando llegó a diez metros, respiró profundamente, se acomodó la camisa por dentro del cinturón y continuó caminando despacio hacia el carro. Desde varios metros de distancia distinguió dos sombras dentro del vehículo que se besaban. Encendió la linterna. Los de la máquina se sobresaltaron y se separaron inmediatamente. Tocó con los nudillos en la ventanilla. El chofer la bajó.

—Buenas noches.

—Buenas noches —respondió una voz nerviosa desde adentro.

El Rubio sacó un carnet, se lo mostró al hombre que estaba sentado al volante y asomó la cara por la ventanilla.

—¡Ehh!, aquí no pueden estar.

—No hay problema, vigilante. Ya nos vamos —dijo la misma voz.

—¡Que no los vuelva a ver por aquí! —repuso el Rubio.

El chofer arrancó dando fuertes acelerones. Encendió las luces y en una torpe operación el auto giró en sentido contrario, alejándose rápidamente hacia la carretera.

El Rubio volvió al trote por la orilla del terraplén.

Pedro y Tito lo esperaban tirados en la hierba. Llegó corriendo con la respiración entrecortada.

—¡Tú estás loco! —le dijo Pedro abriendo enormemente los ojos.

El Rubio trató de contener la risa. Los otros no podían comprender.

—¿De qué te ríes? —preguntó Tito intrigado.

—Dos tipos —respondió con la voz ahogada por la risa—. Si ven las caras que pusieron.

Rieron con ganas, con esa risa nerviosa que sirve para dejar escapar las tensiones.

—Vamos a acabar de armar la mierda esta —trató de calmarlos Tito.

Ya tenían amarrada la cubierta exterior que unía las cuatro cámaras entre sí y las protegía.

—Ahora vamos a amarrarle los remos.

Sacaron los cuatro remos de repuesto de entre la hierba y comenzaron a atarlos fuertemente en el borde exterior de las cámaras de forma tal que quedara una estructura de madera alrededor de la balsa, lo que la hacía ganar en solidez.

—¿Qué hora es? —preguntó el Rubio en voz baja.

—Las once y seis —respondió Pedro—. Ya René debería estar aquí. Hace falta que llegue rápido para llevar la balsa para allá —señaló un macizo de arbustos a doscientos metros de ellos en dirección al mar.

—Ya debe estar al llegar —Tito estaba impaciente.

—Vamos a ir recogiendo las cosas para enseguida que llegue llevarlo todo para allá —propuso Pedro—. Estamos cogidos con el tiempo. Antes de las once y media tenemos que llevar las cosas para los matorrales y regresar antes de que pasen la pareja de guardacostas y el perro por la orilla.

Voltearon la balsa y comenzaron a colocar los bultos en el interior. Cada uno tenía un pequeño saco de lona.

Además quedaban las dos mallas con las latas de carne, los cuatro recipientes con agua y una malla con la lata de galletas. Eran sus provisiones para la travesía.

—Las once y cuarto y René no llega —dijo el del reloj.

—Vamos a ir llevando la balsa —propuso el Rubio.

—Entre los tres va a ser muy difícil. Tenemos que levantarla —susurró Tito—. Vamos a esperar un rato más aquí.

Se echaron sobre la hierba con los sentidos alertas. Constantemente aguzaban la vista en dirección a donde debía aparecer René. La oscuridad era menor sobre el terraplén, pero nadie se acercaba. La brisa continuaba arrullando los hierbazales. Los insectos comenzaron el coro nocturno en busca de sus parejas. A cada rato las lucesitas verde incandescente de los cocuyos surcaban el espacio. La noche tropical desplegaba sus encantos, pero no encontraba entre aquellos hombres espectadores propensos a la contemplación.

Pedro arrancó una ramita y con ella se golpeaba constantemente el muslo. A cortos intervalos observaba el reloj.

—Once y dieciocho.

El Rubio martillaba con el tacón del zapato las piedrecitas del suelo. Tenía la vista clavada en el piso, perdido en sus pensamientos.

Tito, de cuclillas, estiraba el cuello en dirección al terraplén y mascaba unas hierbas que continuamente arrancaba.

—¿Qué le habrá pasado? —preguntó preocupado.

—Sabe Dios...

—Vamos a ir llevando la balsa para allá. No podemos seguir esperando aquí —propuso el Rubio.

—¿Qué hora es? —Tito estaba impaciente.

—Once y veinte.

—¡Dale! Vamos —lo instó el Rubio incorporándose a medias.

Entre los tres cargaron la balsa. Ahora, con todas las cosas encima pesaba bastante y era muy difícil sujetarla. Partieron entre los hierbazales en dirección a unos matorrales a ciento cincuenta metros de la costa y a doscientos cincuenta o trescientos del lugar en que se encontraban. Allí debían dejar la balsa y virar para el punto anterior a esperar a que la pareja de guardafronteras y el perro pasaran entre el macizo de arbustos y la orilla alrededor de las once y treinta.

La balsa era difícil de transportar. Constantemente tropezaban con las piedras o se enredaban entre la hierba. Los minutos volaban. A lo lejos se oyó el ladrar de un perro. Comenzaron a correr a toda prisa con la balsa sobre sus cabezas. El declive del terreno ahora los ayudaba y la hierba era un poco más baja. Llegaron a los matorrales. La luz de una linterna apareció pegada a la costa.

—¡Ahí están los guardias!

Soltaron la balsa detrás de los matorrales y se agazaparon. Si se quedaban ahí el perro los descubriría.

—¿Nos da tiempo? —susurró Tito nerviosamente.

—¡Corran para aquellas matas! —ordenó el Rubio emprendiendo la carrera.

Las tres sombras se deslizaron entre la hierba pegadas una a la otra. Retrocedían agachados. Ya estaban cerca de los matorrales. Pedro tropezó y se cayó.

Se mantuvo inmóvil entre la hierba. El perro ladró. Se oyó la voz del guardafronteras. El perro continuó ladrando.

—¡Ahora sí me jodí! —pensó Pedro y un fuerte dolor le punzó el pie.

Se escuchó la risa de uno de los guardias. El perro ladraba en dirección a donde se encontraba Pedro, pero el que lo llevaba le dio un fuerte tirón a la correa. El animal continuó su frenético ladrar. La pareja se detuvo y observó los alrededores. El haz de luz de la linterna barrió los hierbazales. Pedro contuvo la respiración. El maldito perro seguía ladrando.

—Seguro que olió algún animal —dijo uno de los guardias.

—Dale, a ver si acabamos temprano —salieron caminando.

Pedro escuchó como se alejaban. Los ladridos continuaban. Se quedó tirado entre la hierba. Un ruido a sus espaldas lo sobresaltó.

—¿Qué pasó? —Tito se arrodilló junto a él.

—Me torcí un tobillo.

—Dale, vamos para los matorrales donde está la balsa —lo ayudó a incorporarse.

Avanzaron inclinados. Pedro iba apoyándose en el hombro del amigo. El dolor no le permitía afincar el pie.

—Dile al Rubio que venga para acá —le pidió al compañero—. Vamos a esperar a René aquí.

Tito corrió agachado entre la hierba. La sombra pronto se perdió de vista. Pedro se tendió de cara al cielo. La brisa arrastraba las nubes y ahora la noche estaba más despejada. La luna brillaba en todo su esplendor. Racimos de estrellas adornaban la bóveda celeste. El suave chirrido de los grillos y el olor a hierba y tierra húmeda inundaban el lugar. Era una bella noche y Pedro por primera vez contempló con amor el seco paisaje que se recortaba contra el firmamento. Sintió que aquel paisaje le pertenecería para siempre. Una parte de él se quedaría allí, echado sobre la hierba, oliendo a tierra, hierba y salitre. La otra partiría. Pensó que nunca más volvería a aquel lugar. La brisa le golpeó el rostro, fresca y limpia.

—¿Qué hora es? —la voz del Rubio lo sacó de sus pensamientos.

—Once y cuarenta y cinco —respondió secamente.

—Y René no llega —susurró Tito con evidente angustia—. ¿Qué le habrá pasado?

—¿No se habrá apendejado? —Pedro soltó la pregunta que cada uno se estaba haciendo desde hacía ratos.

—Le tiene que haber pasado algo —aseguró Tito.

El Rubio se quedó callado. No se atrevía a asegurarlo. Elevó los hombros y las cejas en un gesto característico.

—Si no viene, ¿qué hacemos? —consultó a los otros.

—No sé —Pedro dudó.

—Seguro que aparece de un momento a otro —terció Tito en defensa del amigo.

—Pero, ¿y si no viene?

—Bueno, si no viene yo creo que ya tenemos que seguir —dijo Tito.

—Por mí también —lo apoyó el Rubio.

—Bueno —Pedro aceptó la decisión.

—Vamos a esperarlo hasta las doce —propuso el

Rubio—. Si a las doce no ha llegado, nos vamos. No podemos quedarnos aquí sin correr riesgo.

Los tres estaban sentados sobre la hierba recostados a las cámaras. Tito a cada momento se arrodillaba y alzaba la cabeza en dirección al terraplén. Se mantenía en esa posición un momento y se volvía a sentar para arrodillarse nuevamente a los pocos segundos.

—¡Estate tranquilo! —lo tocó el Rubio—. Me pones nervioso...

El Rubio se tiró de espaldas mirando al cielo.

—Está bonita la noche.

No obtuvo respuesta. Ahora ahí, tirado sobre la hierba húmeda, recordó el día en que Pedro llegó a su casa por primera vez, después de cinco años sin verse. Las imágenes aparecieron nítidas frente a él.

******

Entraron en la habitación. El local, pese a ser pequeño, estaba limpio y ordenado. En una esquina había una cocinilla eléctrica y en el rincón opuesto un pequeño refrigerador. Dos sillones de aluminio eran los muebles más confortables del lugar. El cuarto, pintado de blanco, resultaba acogedor. Se sentaron cada uno en un sillón, con una mesita de aluminio y cristal de por medio. Sobre la mesita, dos vasos y una botella de ron. El Rubio destapó la botella golpeándola con la palma de la mano por el fondo. Le sirvió a su compañero y se sirvió él.

—¡Por el encuentro! —levantaron los vasos, sonrieron y se tomaron el líquido ambarino de un solo trago.

El Rubio sirvió otro trago, pero esta vez lo tomaron más despacio. Nuevamente fue él quien inició la conversación.

—Así que tienes un chama de 5 años. ¿Cómo te va en el matrimonio?

—Hasta ahora ... —Pedro se recostó, tomó un cigarrillo y tiró la cajetilla encima de la mesita—. ¿Y tú dónde te metiste cuando te fuiste de la universidad?

—Estuve viviendo en casa de Laura un tiempo. Después vine a vivir para acá. —se sirvió otro trago. Cogió el vaso y se quedó unos instantes observando el movimiento del líquido dentro del recipiente—. Me puse a hacer zapatos con mi hermano. ¿Tú sabes que estuve preso dos años y medio? —dijo mirándolo de frente.

Pedro no respondió.

El Rubio apuró el trago que se había servido y desvió la vista del rostro del amigo.

—Estuve haciendo zapatos con mi hermano un tiempo. Después la cosa se puso mala con los artesanos y mi hermano se quitó del negocio. Yo seguí hasta que me escaché. —hizo una pausa. Volvió a llenar los vasos, se tomó el de él de un sorbo y siguió contando su historia. Pedro lo observaba con interés—. Me llené la cabeza de humo. ¡Tú sabes como es eso! Empecé a trabajar con otro socio en un tallercito que tenía en su casa. Me iba bien. Me buscaba más de mil pesos mensuales. Trabajábamos duro y teníamos buena clientela. A la gente le gustaba lo que hacíamos. Al final trabajábamos por encargo. ¡Un negociazo! —afirmó elevando las cejas y abriendo enormemente los ojos—. Así estuve desde mediados del ochenta y tres —hizo otra pausa para puntualizar la fecha—. Desde mayo del ochenta y tres hasta finales del ochenta y siete. Trabajando en lo que me gustaba y ganando buena plata. Trabajábamos duro pero también vacilábamos del bueno. ¡Imagínate! El bolsillo lleno de billetes y las niñas satas —se detuvo. Acomodó los objetos sobre la mesita y continuó—. A finales del ochenta y siete, en setiembre, y esa fecha sí que no se me olvida —dijo sonriendo— me cogieron preso. Nos decomisaron todo el material que teníamos. Más de tres mil pesos en cuero, goma, broches, ¡qué sé yo!, todo lo que teníamos. Aquí se me colaron y me decomisaron nueve mil pesos que tenía guardados. Estaba ahorrando para comprarme una moto —rememoró con tristeza—. El cuarto no me lo quitaron porque estaba a nombre de mi papá, si no, me lo quitan también —se levantó dirigiéndose al refrigerador. Se sirvió un vaso de agua y lo tomó en pocos sorbos. Volvió al sillón. Preparó dos tragos más.

Pedro estaba callado. Conocía al amigo y comprendía lo difícil que había sido para él la cárcel.

—Dicen que la cárcel es para los hombres —trató de bromear.

—¡No jodas! —el Rubio se inclinó hacia adelante y puso la mano sobre el brazo de Pedro—. Mira, mi hermano, si yo hubiera robado o estafado o cualquier cosa de ésas, está bien que me hubieran cogido preso. Pero yo ni robé, ni estafé a nadie. Lo único que hacía era trabajar. ¡Eso sí!, yo nunca pregunté de dónde sacaban los materiales que me vendían —lo pensó mejor—. Es más, yo sé que los materiales eran del Estado, ¡pero aquí todo

es del Estado! Si yo hubiera podido ir a una tienda y decir: "Dame cien pesos de cuero, diez litros de goma" y pagar, ¿tú crees que se lo hubiera comprado a cualquiera por la calle? No, yo iría a la tienda y lo compraría. Pero dime, ¿dónde está esa tienda? —preguntó un poco molesto, quizás entonado por el efecto de los tragos.

—En Miami —respondió Pedro, escondiendo en la seriedad la ironía de la respuesta.

—¡Ahh!, no jodas. Tú no cambias. Bueno, está bien. Que me dejen ir a Miami a comprar el cuero. Nada más quiero que me dejen ir una sola vez —dijo siguiendo la broma—. Una solita vez —lo repitió con la malicia paseándole por el rostro. Después retomó el hilo de su historia—. Aquí la cosa está en que si quieres tener tu vida independiente, te machacan. Mira. —se inclinó nuevamente, poniendo su mano grande sobre el brazo de Pedro—. Tú sabes que yo no soy un delincuente. Te voy a ser sincero —continuó—. Tú crees que yo dejé la universidad porque me deslumbré con cuatro pesos. No —hizo una pausa, se bebió el trago de un sorbo y prosiguió—. No te voy a decir que no me gusta tener cuatro pesos en el bolsillo. Mentira. A todo el mundo le gusta. De verdad ... no fue sólo por el dinero. Cuando estudiaba, me preguntaba si todas esas cosas que aprendíamos de memoria servían para algo. Una cosa es el papel y otra la calle. Tú sabes que los dos primeros años yo era un mechaíto...

—Sí —asintió Pedro echando más ron en los vasos.

—No, yo me quemaba de verdad. Hasta leía los clásicos del marxismo —se detuvo buscando la palabra adecuada—. Llegó el momento en que me di cuenta que todas esas boberías no encajaban en la realidad. Al menos en mi realidad —especificó—. Pedro, tú me perdonas —trató de no herirlo— yo no sé como tú piensas ahora, pero en la universidad tú eras un bolchevique.

Pedro sonrió y movió la cabeza en un gesto espontáneo de negación, pero no lo desmintió.

—Mira, Rubio —ahora fue él quien se inclinó hacia adelante y le puso la mano en el brazo—. En esos momentos la cosa era distinta. Tú sabes que yo nunca fui un cuadrado ni un chivatón, pero de verdad que yo sentía por esto —le confesó entrecerrando los ojos—. Además, tu conoces al viejo mío. Desde chiquito me crié en ese ambiente. Era lo que conocía. Después te complicas con otros problemas, te casas, tienes hijos y ya tienes una responsabilidad que te impide asumir una posición más independiente. Ahí entonces estás cogido en la maquinaria —se levantó del sillón. Con el pie tropezó con una pata de la mesita y la botella se tambaleó amenazadoramente sobre el cristal. Fue al refrigerador y se sirvió un vaso de agua—. ¿Tú no sabes cómo pienso yo? —guardó silencio unos instantes—. ¿Cómo coño voy a pensar? ¡Que esto es una mierda! —habló con rabia, una rabia catársica, relajante y se echó a reír.

—¡Coño! Me alegra oírte decir eso —exclamó el Rubio—. Menos mal que despertaste.

Pedro no respondió. Se sentó nuevamente. Se pasó la mano por la cara y después por el pelo, echándoselo hacia atrás. Recostó la cabeza al respaldar del sillón y sonrió imperceptiblemente.

—Verdad que a los veinte años se es comemierda —lo dijo en voz baja, con amargura.

Se mantuvieron callados. Cada uno recorriendo los estrechos laberintos de sus pensamientos. Los vasos seguían vacíos desde que Pedro sirvió la última vez. Al percatarse de esto, el Rubio tomó la botella y los fue a llenar. Pedro hizo un gesto con la mano, deteniéndolo.

—¿No tienes café por ahí?

El Rubio llenó los vasos y puso la botella con el poco de ron que quedaba sobre la mesita.

—No, ¿quieres té?

—Bueno —aceptó Pedro.

Preparó el té en silencio. Se notaba la destreza del hombre que vive sólo. Volvió a sentarse. Cogió el vaso de ron del amigo y se lo alcanzó.

Pedro se había quedado en silencio mirando desde su asiento como el Rubio preparaba el té. Cuando el otro se sentó, continuó hablando.

—Ya no soy el mismo comemierda de antes. ¡Se ve que hace años que no nos vemos! —la lengua se le empezaba a enredar—. Yo estuve creyendo en el tipo —se llevó los dedos a la quijada dibujando una barba en el aire— hasta hace poco tiempo. Te voy a ser sincero —el tono de la voz bajó—. Yo dejé de creer primero en el socialismo que en él. Es así, ¿qué tú quieres que te diga? Es así.

Esos pensamientos que expresaba con trabajo habían sido pensados y repensados en innumerables noches de insomnio. Su amigo le escuchaba haciendo un constante gesto de asentimiento.

—Todavía hay gente que apoya esto —comentó el Rubio distraídamente.

—¡Mierda! —exclamó Pedro—. Tú te encuentras a gente en la calle que dicen que apoyan esto, pero cuando llegan a su casa y no tienen qué comer, hay que ver cómo hablan. La gente tiene mucho miedo. Yo te digo que no conozco a nadie —y recalcó— a nadie que apoye esto de verdad, de corazón. No te guíes por lo que dicen en público. Hay que ver cómo hablan entre sus íntimos. Te lo digo por mí y por todo el que conozco. Aquí el censo de población dice que hay diez millones de habitantes, pero yo le digo a usted que hay veinte millones. Diez millones que dicen en la calle que son revolucionarios y diez millones que dicen en sus casas que no lo son. ¿No son veinte millones?

El Rubio sonrió. Le sorprendía ver como había cambiado el amigo. Pedro permaneció un rato callado. De pronto, como tratando de esclarecer una vieja duda, le preguntó.

—Ven acá, Rubio, si tú pensabas así desde antes, ¿por qué no te fuiste por el Mariel?

No contestó enseguida. No tenía la respuesta. Quedó pensativo un instante y después, cómo meditando en voz alta, le respondió.

—Si en el ochenta yo hubiera pensado como pienso ahora, seguro me hubiera ido —volvió a callar dándole vueltas a su pensamiento. Después continuó—. En el ochenta no veía las cosas como ahora. Siempre tuve mis reservas. No era lo mismo de ahora. Además —afirmó— ése fue el año en que empezamos la universidad. Estaba lleno de ilusiones. Quería darle la alegría a la vieja de verme estudiando en la universidad. Ese era su sueño. Un montón de cosas —dijo como apartando de su mente algún pensamiento inoportuno—. Tampoco la cosa estaba tan mala como ahora. Yo sí te digo una cosa —habló con convicción—. ¡El día que tenga un chance me voy! Aquí no hay futuro.

Pedro escuchó en silencio la confesión del amigo. Lo miró con la cabeza inclinada, quizás con gesto gallináceo y asintió.

—Es verdad. Aquí no hay futuro.

******

Los minutos pasaban lentamente. El silencio era total, interrumpido sólo por el agudo chirriar de los grillos y el sonido de los hierbazales al ser acariciados por la brisa.

—¡Vámonos! —propuso Pedro abrochándose el zapato.

—¿Qué hora es? —Tito se inquietó.

—Doce menos cinco.

—¿No íbamos a esperar hasta las doce? —interrogó el Rubio.

—Tenemos que jugarle el tiempo a la pareja de guardias y a la lancha y salir casi tres millas en una hora y media —les recordó—. La pareja con el perro debe pasar por la costa dentro de media hora más o menos y la lancha dentro de hora y media. En una hora y media tenemos que ponernos a suficiente distancia de la orilla para que los guardias no nos vean desde la costa y después que pase la pareja tenemos que seguir alejándonos para estar a suficiente distancia de la lancha para que no nos vean cuando pasen. Hay que remar como animales —trataba de convencerlos—. Además, seguro que ya René no regresa.

—¡Vamos! —lo apoyó el Rubio.

—Bueno —aceptó Tito de mala gana.

Cargaron la balsa entre los tres, agarrándola por los amarres que sostenían la cubierta de lona. Estaban a doscientos metros del mar. Tenían que atravesar una franja de hierbazales que se extendía cien metros delante de ellos. Después el camino se volvía áspero y difícil por el dienteperro. Caminaban lentamente entre las hierbas. A Pedro el pie le dolía. Apenas lo apoyaba, un fuerte dolor le paralizaba el paso. Los otros ya habían olvidado la caída y forzaban el paso tratando de salir lo antes posible de los hierbazales. Avanzaron un trecho y se detuvieron un momento a descansar.

—¡Nos fuimos!

Volvieron a emprender la marcha. La hierba iba desapareciendo entre el dienteperro. Las filosas rocas con sus desniveles y protuberancias les dificultaban el paso. Constantemente tropezaban y perdían el equilibrio. Ya Pedro no podía apoyar el pie. Se detuvo.

—¡Aguanten un momento! No puedo caminar —murmuró con una mueca de dolor. Soltó la balsa—. Creo que tengo el tobillo fracturado.

—Ve caminando tú para la orilla —le ordenó el Rubio—. Entre Tito y yo acabamos de llevar esta mierda. Aquí no nos podemos parar.

Estaban a unos cincuenta metros de la orilla. Mientras más se acercaban al mar el dienteperro se hacía más hostil, más filoso. Tito y el Rubio se alejaron unos metros con la carga. Una parte iba arrastrando sobre las rocas y constantemente la cubierta de lona se enredaba en alguna arista del terreno. Pedro se unió al grupo y se colocó donde la balsa se arrastraba sobre las filosas piedras. Apenas podía andar. Los separaban treinta metros de la orilla. Ya se percibía claramente el suave golpear de las olas contra las rocas. El mar estaba tranquilo y el olor a salitre llegaba límpidamente hasta ellos. La brisa sopló con un poco más de fuerza. Llegaron y colocaron la carga sobre las rocas. Frente a ellos el mar imponente y negro los esperaba. El fresco vientecillo marino se enredó en sus cabellos, dándoles la bienvenida. Instintivamente miraron hacia atrás, a lo que cada cual dejaba. Tito se arrodilló sobre el dienteperro y se persignó.

—¡Que Dios nos proteja!

Al oír la frase Pedro se persignó y cerró los ojos. De golpe le vinieron a la mente sus seres queridos y tuvo miedo de no volver a verlos. Una tenaza se aferró a su garganta. Tragó en seco y se volvió a persignar.

—¡Que Dios los proteja!

El Rubio haló la balsa hacia el mar. Al primer contacto con el agua todos los amarres crujieron al unísono y un fuerte temblor recorrió la estructura. Luego se deslizó blandamente entre las rocas y las olas. Con el agua a la cintura, conminó a los otros a que subieran. Pedro se apoyó en el hombro de Tito y de un salto se sentó sobre el borde de la cámara con los pies en el agua. Tito saltó y cayó a su lado.

El Rubio siguió halando hasta que tuvo el agua al pecho. Dio un salto y se sentó, acomodándose rápidamente. Comenzaron a remar sin precisión. El agua alrededor de ellos bullía. El chapotear de los remos manejados torpemente turbaba el imponente silencio del mar. La embarcación apenas avanzaba pese al esfuerzo de los tres hombres. El mar dócilmente soportaba a los intrusos, haciéndolos mecer con suavidad. Se elevaban sobre los lomos de las olas para luego descender pausadamente por la pendiente que dejaban éstas al avanzar sobre la orilla. El chocar de las olas contra las rocas producía un suave y monótono murmullo. Los hombres continuaban remando. Cuando avanzaron medio centenar de metros una sombra apareció en la orilla. Agitó los brazos y rápidamente se metió en el mar.

—¡Es René!

—¡No te lo dije! —Tito se alegró.

Se oyó un chiflido y la sombra comenzó a bracear rápidamente en dirección a ellos. Los de la balsa pararon de remar y esperaron a que llegara. René se acercó nadando y se agarró a una de las cámaras.

—¡Por poco me dejan! —dijo aún desde el agua, respirando agitadamente.

—¡Dale, acaba de subir! —Tito se apresuró a ayudarlo—. Estas gentes creían que te habías apendejado.

—¡No jodan! —dijo entre bufidos mientras se trepaba a la balsa—. Tremenda candela en Santa Cruz...

—¡No hablen más y pónganse a remar! —el Rubio interrumpió el diálogo.

Cuando René estuvo acomodado, continuaron remando. El mar se deslizaba suavemente debajo de ellos. Las tibias aguas del mar Caribe a estas horas tenían un aspecto nada acogedor. La luna brillaba tímidamente repartiendo reflejos plateados sobre los cuerpos de los cuatro hombres. Cuando estaban a cien metros de la orilla, vieron una lucecita que avanzaba parpadeando por el litoral.

—Los guardafronteras que regresan...

—No. —Pedro consultó la hora—. Los guardias no vuelven a pasar hasta la una y pico.

—Tú crees que se van a perder la fiesta —lo rebatió René en un susurro—. Hoy es veinticinco de julio. Seguro que se quieren ir para el pueblo y por eso están apurados...

—A lo mejor...

—¡Cállense ya, que todo se oye clarito! —los regañó el Rubio—. El aire sopla para allá.

Hicieron silencio. Desde que el primero divisó la luz

de la linterna habían dejado de remar. Ahora observaban como la sombra de los guardias cruzaba frente a ellos ajenos a su presencia en el mar. Caminaban a pasos rápidos. Los rayos de luz de la linterna escudriñaban la oscuridad de la costa. Instintivamente los cuatro hombres se acurrucaron sobre sus cámaras tratando de ocultarse entre las sombras. Los guardias pasaron a un centenar de metros. Se oyó al perro ladrar, pero no lograron distinguirlo en la oscuridad. Una linterna enfocó hacia el mar. Los rayos apenas penetraron la oscuridad y se desvanecieron entre los tenues reflejos plateados que la luna dispersaba sobre la superficie del agua. Los militares continuaron su camino a lo largo de la costa. Se alejaron lentamente. La luz se fue haciendo más tenue hasta que desapareció. Los de la balsa esperaron unos minutos más. Cuando los guardias estuvieron a suficiente distancia, los cuatro se volvieron a acomodar y comenzaron a remar pausadamente, tratando de no hacer ruido. Cabeceaban al compás de las olas avanzando lentamente mar afuera. Remaban en silencio y cada cual a su manera. Sentados sobre el fondo de lona de las cámaras, los cuerpos encorvados apenas se distinguían. La oscura mancha se deslizaba imperceptible. El suave chapotear y el golpe de las pequeñas olas contra las gomas eran los únicos sonidos que se sentían acompañados por el constante jadear de los tripulantes.

Cuando de la costa sólo se veían algunas pequeñas luces titilando a lo lejos, dejaron de remar. Frente a ellos una oscura mancha se recortaba contra el horizonte. A sus espaldas se observaba el constante ir y venir de las luces de los autos que recorrían el Circuito Norte y algunas luces rojas que señalaban la posición de los pequeños pozos que perennemente trabajaban extrayéndole a las secas entrañas de la tierra las pocas gotas de petróleo que hay en esa zona.

La infinita planicie líquida se confundía en el horizonte con el color del cielo. Oscuridad y mar era el espectáculo que se abría ante ellos.

—Ya estamos bastante lejos de la costa —dijo René estirando las piernas por encima del borde de su cámara.

—¿Esperamos aquí a que aparezca la lancha? —preguntó el Rubio.

—¿Qué tú crees, René? —le consultó Pedro.

—Vamos a esperar. De todas formas tenemos que estar atentos para ver a qué distancia pasa —susurró el gordo.

—Debe estar al pasar —opinó Pedro—. Ya son casi las dos...

—Vamos a coger un diez y estar atentos —aconsejó René.

Colocaron los remos sobre las cámaras y cada uno en su posición se acomodó como pudo. No hablaban. Muy lejos en el horizonte se veían las luces de un barco que avanzaba hacia las costas cubanas. Era la una y cincuenta y cinco de la madrugada. Según la práctica que habían podido determinar en sus noches de vigilancia, una lancha patrullera pasaría por esa zona alrededor de las dos de la mañana a cerca de dos o tres kilómetros de la orilla. Debía aparecer por el Occidente para, entre siete y diez minutos más tarde, desaparecer por el Oriente. La misma lancha u otra igual, nunca lo supieron, regresaría en sentido contrario a cinco kilómetros de la costa dos horas más tarde, seguramente hacia la base naval que se encuentra en la desembocadura del río Guanabo. Este intervalo de casi dos horas tenía que ser aprovechado por ellos para salir lo más rápido posible del área inmediata al litoral que era la más vigilada por las patrullas de la Marina de Guerra Cubana.

Si lograban salir más de cinco kilómetros mar afuera, dependía de la suerte un encuentro fortuito con las naves cubanas. Ahora esperaban escudriñando la oscuridad. La noche impenetrable se cerraba sobre ellos. Hacia el Este un cúmulo de nubes oscurecía el horizonte y en esa dirección Pedro observaba con el instrumento delante de sus ojos.

—No se ve nada. —Pedro le pasó los prismáticos a René.

El gordo los tomó y se irguió un poco en la balsa. Su silueta redondeada se recortaba contra el oscuro mar.

—¿No habrá pasado y ustedes no la vieron? —exploró la posibilidad.

Hablaban en un murmullo. Sabían que las voces en el mar se expanden largas distancias al no encontrar obstáculos en su camino.

Continuaron esperando. A lo lejos los autos, en su constante peregrinar, iluminaban intermitentemente la carretera. Hacia el Oeste se observaban las primeras luces de las casas de Santa Cruz del Norte, inusualmente alumbradas a tan altas horas de la noche. Sus habitantes continuaban festejando y de vez en vez, cuando el fresco vientecillo amainaba, se oían los compases de una pegajosa canción de moda. La balsa estaba siendo arrastrada imperceptiblemente hacia la orilla y sus tripulantes no notaban el lento movimiento regresivo.

—Las dos y diez —murmuró Pedro impaciente.

—Seguro que la guardacosta pasó y no la vimos. —René se mantenía con su idea fija.

—Nadie la ha visto —lo volvió a rebatir Tito.

—No, todavía no ha pasado —dijo el Rubio con seguridad.

—¡Estamos comiendo mierda! —el grito de Tito los sobresaltó—. ¡La corriente nos está arrastrando hacia el pueblo!

Se percataron inmediatamente de la situación. Comenzaron a remar nuevamente con ahínco. Habían sido arrastrados hacia el Oeste paralelamente a la costa. Las luces del pueblo se veían más cercanas y la música se escuchaba con mayor claridad. La balsa subía y bajaba lentamente sobre las olas, desplazándose con trabajo contra la corriente.

—Vamos a tratar de salir por aquí mismo —aconsejó René—. La corriente viene para acá.

Giraron un poco el curso orientándose por las luces a sus espaldas y continuaron remando durante varios minutos. En este lugar no podían esperar pues la corriente los arrastraría irremediablemente hacia la costa de Santa Cruz y allí serían atrapados. En el mar aparecieron por el oriente luces parpadeantes que avanzaban hacia ellos.

—¡Ahí está! —Tito fue el primero en divisarla—. ¡Viene para acá!

—Parece que está a la misma distancia de la costa que nosotros —calculó René.

Vieron como las luces se acercaban lentamente. Durante largos minutos quedaron en silencio. El potente rugido del motor comenzó a escucharse. La sombra de la nave avanzaba, recortando su imponente silueta contra el firmamento. Las luces de la arboladura comenzaron a diferenciarse. Los de la balsa se interponían en su camino.

—¡Hay que remar p'atrás!

Empezaron a remar desesperadamente a favor de la

corriente que los arrastraba hacia la orilla. La guardacosta avanzaba impasible. El rugido de las turbinas se escuchaba con más fuerza. La oscuridad se hizo total en ese momento. El desespero aumentaba a medida que veían agrandarse la silueta de la nave. Continuaron remando con fuerza hasta que lograron separarse varias decenas de metros de la trayectoria de la lancha.

—¡Hay que meterse en el agua! —René se dejó caer.

Los otros lo imitaron rápidamente y se ocultaron detrás de las cámaras, cada uno agarrando la balsa con ambas manos. Sólo sus cabezas quedaban fuera del agua.

La guardacosta pasó frente a ellos. Vieron las siluetas de algunos marineros recostados a las barandas de estribor, de espaldas a la costa. Los reflectores iban apagados. La mole pasó a escasos treinta metros. Sus potentes turbinas rugían incesantemente. El fuerte chapotear de las aspas de las hélices se escuchaba como un penetrante chasquido. El olor a petróleo quemado quedó flotando en el ambiente. El agua saltaba a su paso formando una estela de espuma blanca que avanzó suavemente hasta ellos. La balsa cabeceó contra la estela que siguió su camino hasta estrellarse contra las rocas de la orilla. Desde el agua vieron como la lancha se alejaba rápidamente en dirección contraria a donde había aparecido. En la popa ondeaba serenamente la bandera cubana débilmente alumbrada por las luces de la arboladura. El rugido del motor se fue apagando y las luces rojas y verdes se fueron perdiendo en la noche.

Comenzaron a subir a la embarcación. El primero fue el Rubio. Lo siguieron Tito y Pedro. René permaneció unos segundos más en el agua. De pronto el Rubio señaló a cierta distancia de la balsa con el brazo extendido.

—¡Un tiburón!

René, que permanecía agarrado al borde de la cámara se sobresaltó y atropelladamente trató de subir. Sus manos mojadas resbalaron sobre la lona y con el mismo impulso de la subida se sumergió. Inmediatamente salió y se aferró a la embarcación pataleando sin lograr encaramarse. Su rostro era una máscara desfigurada por el miedo. Trató de treparse, pero no pudo.

—¡Ayúdenme, coño! —chilló.

El Rubio se echó hacia atrás y rompió en carcajadas mientras Pedro ayudaba al compañero a salir del agua.

—Aquí hay tiburones de verdad —dijo René seriamente mientras se acomodaba en su cámara.

—Esos no son juegos —lo recriminó Tito.

Durante la espera la balsa había ido acercándose a la costa. Estaban casi frente a las luces del pueblo. Las carcajadas del Rubio podían haberse escuchado en la orilla. Tenían que alejarse rápidamente de aquel lugar. Se reacomodaron e inmediatamente comenzaron a remar. Las ropas mojadas se les pegaban al cuerpo, pero el ejercicio constante los hacía entrar en calor. La balsa se alejaba lentamente. Las luces a sus espaldas comenzaron a titilar y la música dejó de oírse. Los cuatro jadeaban por el esfuerzo. La corriente los halaba hacia la orilla. Ganaban pulgada a pulgada con dificultad.

El cúmulo de nubes que oscurecía el horizonte había avanzado. La luna no se veía y la noche era más oscura. El mar se iba tornando más frío y sombrío a medida que se alejaban de la costa. El horizonte hacia el Norte estaba despejado y el viento cambiaba constantemente de dirección. Eran las dos y diecisiete minutos de la madrugada. De ahora en adelante estarían a merced de la suerte y de sus fuerzas.

Capítulo Dos

La claridad del nuevo día despejó el brumoso amanecer marino. El olor a salitre y aire húmedo era todavía una promesa de libertad para aquellos hombres que cabeceaban al compás del movimiento de la rústica embarcación.

Ahora, a la luz del día y en medio del mar se miraban atónitos por el grotesco aspecto que tenían. Sus ropas manchadas de negro por el alquitrán y sus rostros y manos sucios los hacían parecer más unos mineros salidos de las entrañas de la tierra que marinos acabados de hacerse a la mar. La balsa era la triste caricatura de una embarcación. Parecía responder más a un caprichoso diseño infantil que a las exigencias mínimas para la navegación.

La suerte los acompañó durante su primera noche en el mar. La madrugada había transcurrido en medio del extenuante esfuerzo por alejarse lo más posible de la costa y bajo el constante temor de ver aparecer los siniestros reflectores de las lanchas patrulleras cubanas en su constante rastreo. En dos oportunidades vieron pasar, paralelas al litoral, las temidas luces de las patrullas en su repugnante misión de búsqueda y captura de "balseros".

Ocultos en la oscuridad y el silencio se sentían protegidos, pero ahora, viendo despejarse la bruma del amanecer, comprendían que su destino dependía única y totalmente de la suerte.

—¿Ya estaremos en aguas internacionales? —preguntó Tito.

Ninguno lo sabía y la misma duda arañó la mente de los cuatro. La pregunta flotó en el aire.

—Yo creo que sí —el Rubio trató de darle seguridad a sus palabras—. Nos metimos remando toda la noche...

—Debemos estar —convino Pedro—. La corriente y el viento nos favorecen, pero no podemos dejar de remar. Este es el tramo más peligroso.

—¡Qué más da si estamos en aguas internacionales o no! Esta gente no cree en eso. Si te cogen vas p'allá, aunque estés en aguas internacionales —intervino René, que estaba escuchando la conversación recostado a la cámara. Su barbudo rostro era el que más tranquilidad denotaba—. ¡P'a remar tanto hay que jamar! ¡Yo estoy partío! —dijo pasándose la mano por la panza.

—Vamos a comer algo y coger un diez —lo apoyó el Rubio.

Pedro y Tito sacaron los remos y los colocaron sobre la balsa. El Rubio se arrodilló y extrajo la malla con las latas de conserva y las galletas que venían amarradas a remolque dentro del agua. Subió el chorreante bulto y comenzó a desatar el nudo que cerraba la bolsa.

—¡Está más duro que el coño de su madre!

En el otro extremo Tito se inclinó y trató de sacar el recipiente de diez litros que venía sumergido debajo de él. Al apoyar la rodilla sobre el fondo, la lona no aguantó y se rajó transversalmente. Perdió el equilibrio. Su pierna se introdujo por la rajadura y al tratar de agarrarse del borde, se le fue de las manos el pesado recipiente. En un inútil intento por recuperarlo se tiró de cabeza al agua y braceó con fuerza para inmediatamente sumergirse en pos del botellón plástico que suavemente descendía junto a ellos.

Los otros sólo atinaron a agarrarse de sus cámaras. A los pocos segundos emergió Tito sacudiendo la cabeza como un perro después de un chapuzón.

—No lo pude alcanzar —dijo desde el agua.

—¡Un tiburón! —René, con el pánico reflejado en el rostro, señaló a cierta distancia de la balsa.

En el primer momento Tito no tomó en serio la advertencia. Comenzó a nadar tranquilamente, pero al ver las caras de sus amigos y oír los gritos que lanzaban comprendió y empezó a nadar desesperadamente.

Al sentir un chapoteo cercano, el tiburón cambió de dirección y comenzó a acercarse a ellos. La aleta dorsal cortaba el agua abriendo una estela a su paso.

Por la desesperación y el miedo, Tito no podía coordinar correctamente las brazadas y apenas avanzaba. Los de la balsa vieron al enorme animal avanzar vertiginosamente hasta acercarse a menos de tres metros. Se sumergió dispuesto a atacar al intruso. Las escamas de la cola del tiburón brillaron al resplandor del sol e inmediatamente desaparecieron debajo de la embarcación.

En ese momento René tomó a Tito por un brazo y lo sacó del agua como si se tratara de un muñeco. Cayeron estrepitosamente encima de las cámaras y comenzaron a bambolearse en una esquizofrénica danza. Se agarraron como pudieron mientras disminuía el vertiginoso vaivén de la caída.

En el agua el animal desorientado giraba alrededor de la balsa buscando la presa que le acababa de ser arrebatada. Al no encontrar más enemigo que aquella oscura mancha flotante, decidió sumergirse hasta perderse de vista.

—¡Estás comiendo mierda! —explotó el Rubio aún pálido por el susto.

—¡Tú no viste que se rajó la lona! —ripostó Tito, fuera de sí. —¡Más comemierda eres tú!

—¡Dejen eso! —intervino René— Todavía nos quedan tres botellones de agua —afirmó conciliadoramente.

Tito pasó chorreando agua por encima del gordo y fue a acomodarse a su lugar.

—Alcánzame un pedazo de soga para reforzar el fondo de la mierda esta —dijo molesto.

René le pasó el pedazo de soga, tomó las latas de conserva y se las alcanzó al Rubio. Sobre una lata metálica de galleta, éste trató de abrir los envases con un cuchillo de pesca submarina. Tenía el recipiente con las galletas sujeto entre sus dos piernas y maniobraba torpemente con el cuchillo sin lograr avanzar mucho en su tarea.

—¡Dame acá! —le dijo Tito sacándose del bolsillo del jean una voluminosa cuchilla—. Con esto es más fácil.

—Está bueno el hierro ese —Pedro trató de romper la tensión reinante.

El dueño del arma no respondió y empezó a abrir la primera lata de carne prensada. El Rubio, indiferente, les daba la espalda.

Pedro vio al Rubio como hacía muchos años atrás, con sus largas piernas de garza y su claro pelo desordenado tratando de intermediar en las discusiones de los muchachos de la cuadra. Una larga amistad los unía. Sin embargo, el Rubio había desconfiado de él al principio. Recordó la mañana en que decidió proponerle salir juntos del país.

******

Aquella mañana unos fuertes golpes en la puerta despertaron al Rubio.

—¿Quién es? —preguntó desde la cama.

—Soy yo. Abreme.

Extrañado, bajó las escaleras y abrió la puerta. Pedro lo esperaba recostado a la pared. Su aspecto era el de un hombre cansado.

—¿Qué pasa, compadre?

—Quiero hablar contigo —dijo el recién llegado al entrar.

—¿Algún problema? —preguntó el Rubio intrigado.

—Me quiero ir del país, Rubio —soltó a bocajarro el recién llegado.

—¡Y por esa mierda me despiertas! ¡No jodas! Le ronca que me hayas despertado...

—Es en serio —respondió Pedro.

—¡Váyase al carajo! ¿Qué quieres, que te preste mi avión particular? ¡Cógelo! —y el Rubio entró al baño.

Pedro quedó en silencio. Oyó como el chorro de orina caía en la taza.

—Desde hace tiempo esa idea me viene dando vueltas —habló en voz baja, pero el otro lo escuchaba desde el baño. —Estoy cansado de toda esta porquería. No sé si a ti te pasa lo mismo, pero me siento peor que si estuviera en una jaula. Compadre, de verdad que ...

—se detuvo—. Es la única salida que veo. No aguanto más.

—¿Quién te dijo que me quiero ir? Una cosa es que yo piense que esto es una mierda y otra que me quiera ir —el Rubio desconfiaba—. Yo tengo otros planes —trató de escabullirse—. Quiero empezar a hacer zapatos otra vez...

—Tú sabes que vas a estar buscándote unos pesitos hasta que te den otro chivatazo —Pedro trató de agrietar sus argumentos—. Tú lo sabes mejor que nadie. Vas a estar buscándote algunos pesos hasta que algún envidioso te chivatee y te van a guardar un par de años más —dijo esto con fuerza, como si viera el futuro del amigo frente a sus ojos y tratara de salvarlo.

El Rubio calló. La idea no era nueva. Antes lo había pensado, pero nunca con seriedad. Era una posibilidad, pero más que morir en la aventura, temía volver a la cárcel. Desconfiaba por instinto.

Pedro captó la indecisión en la mirada del amigo.

—No seas infantil. Tú sabes que de esa forma no vas a poder vivir con tranquilidad. Puedes estar tres o cuatro años, pero a la larga sabes que lo vas a perder todo otra vez y te van a volver a meter preso. Otra cosa es que no te atrevas a cruzar el charco —atacó a fondo—. Si no tienes para tirarte, ¡ahí si no me meto!

El Rubio picó el anzuelo.

—¡A mí me sobran! —exclamó agarrándose los testículos con la mano—. ¡Tú lo sabes!

Quedaron callados durante varios minutos. Pedro continuó fumando como si lo más importante para él en ese momento fuera acabar aquel maldito cigarro. El otro estaba sentado con las piernas abiertas recostado al respaldar del sillón.

—¿Cómo te piensas ir? —no se miraron.

—En tu avión particular —trató de bromear Pedro—. No sé. Eso lo tendríamos que ver entre los dos...

—Yo no te he dicho que sí —lo interrumpió el Rubio secamente—. ¿Y tú mujer y el chama?

—No les pienso decir nada hasta última hora. Después los reclamo. Tenemos que meterle cerebro a esto, Rubio. ¡Tú y yo seguro que lo logramos!

El Rubio jugueteaba con la fosforera que estaba sobre la mesita. Su mente procesaba la información recibida a gran velocidad. Así y todo no lograba acabar de aclarar sus pensamientos. La idea lo cautivaba y a la vez lo asustaba. Tenía ese temor que sienten los presos ante situaciones que los obligan a definirse. Había aprendido a desconfiar, pero en estos momentos dudaba. Dudaba del amigo y dudaba de su capacidad para tomar esta decisión.

—Tú dices que ya lo tienes decidido —se pasó la mano por la barbilla—. ¿Con qué cuentas?

—Vamos a hablar claro. En estos momentos lo que quiero saber es si puedo contar contigo. Ya tengo algunas ideas concretas, pero eso es lo de menos ahora. En esto hay que ser muy discreto —dijo mirando fijamente a los ojos del Rubio, dándole a entender que no le diría nada hasta que no definiera su participación.

—¿Con quién más tú has hablado de esto?

—Con nadie.

—Supongamos...

—Rubio, ¿sí o no? —separó las sílabas.

—¡Tú te crees que eso se puede decidir en un minuto! Te voy a hablar claro. Yo conozco unas cuantas gentes que se han ido en balsas, pero conozco otra tonga que están presos por tratar de irse. ¡Y sabe Dios a cuántos se han comido los tiburones! —hablaba con energía—. ¿Quién nos garantiza que no nos cojan? Tú sabes que eso es jugársela.

—¿Y tú no tienes para jugártela? Yo estoy seguro que nosotros tenemos tantos cojones como toda esa gente que se ha ido y además, seguro que tenemos más cerebro que muchos de ellos. ¿Qué pasa Rubio? ¿No te atreves?, ¿o es que no confías en mí?

Pedro esperaba que el Rubio lo rebatiera, pero no respondió.

—Si desconfías de mí entonces olvida todo esto —se paró y le tendió la mano—. No hay lío.

El Rubio lo miró desde su asiento.

—¡Siéntate! —le dijo sin darle la mano—. Siéntate y óyeme bien. No te ofendas, pero te voy a hablar claro. Tú eres mi amigo —se detuvo escogiendo las palabras— y sabes que te aprecio. Yo estoy dispuesto a jugármela, pero si por alguna casualidad de la vida caigo preso y me entero que es por tu culpa, te mato —lo dijo con tranquilidad, convencido de su razón—. Aunque tenga que estar veinte años en la cárcel, te busco y te encuentro.

—¡No! ¡Eso se lo dices a tu madre! —Pedro se incorporó amenazadoramente—. ¡Tú eres muy maricón para decirme eso a mí!

El Rubio se quedó sentado impasible. No reaccionó a la ofensa. Tal vez esperaba esa salida.

—Te dije que no te ofendieras. Perdóname, pero te dije lo que pienso —le tendió la mano.

—¡Olvídalo, Rubio! —Pedro le dio la espalda y se

dirigió a la salida—. Me equivoqué contigo...

—No, tú sabes que yo soy la persona que buscas.

Pedro se detuvo en la puerta y miró hacia atrás.

—No te ofendas, siéntate. Vamos a hablar.

—¡Comemierda! ¿De verdad desconfías de mí?

—Bueno... —el Rubio se dirigió a la cocinita— ¿Cómo es la cosa? Me imagino que lo debes tener cuadra'o.

—Yo no tengo nada cuadra'o. Lo tenemos que cuadrar entre los dos —Pedro se volvió a sentar.

—Tú me acabas de decir...

—Sólo tengo la idea —Pedro sonrió. La voz sonó burlona—. En serio —cambió el tono de la voz—. Nosotros no tenemos dinero para comprar un bote, tendríamos que llevárnoslo...

—No. ¡Qué va!, ésa sí es mala —lo cortó el Rubio desde la cocinita—. La cosa como mejor puede salir es en una balsa. A los botes de motor el radar los capta enseguida. Además si te cogen te meten siete años por hurto. ¡Qué va! Todo el mundo lo sabe. Es mejor armar una balsa con cámaras de camión. Las balsas no se hunden y los botes sí.

—Es verdad —convino el visitante.

—La gente como se va es en balsas. Yo conozco a varios que se han ido en balsa y han llegado, pero lo malo de la balsa es que hacen falta más de dos personas. Tú no sabes lo que puede pasar. Te abres una muñeca o te das un golpe y ahí mismo te jodiste. En balsa por lo menos deben ser tres o cuatro personas, y ya cuatro me parece mucha gente. Cualquier comentario ... es más fácil que te cojan.

El Rubio terminó de preparar el café y se sentó frente al amigo. La expresión del rostro le había cambiado. Se veía más relajado. Se echó para atrás en el sillón, entrelazó las manos en la nuca y se quedó observando como el otro se tomaba el café. Luego se sentó en el borde del sillón con los codos apoyados en las rodillas.

—Meter más gente en esto no me gusta mucho —Pedro valoraba la idea.

—Habría que ver —el Rubio levantó los hombros—. Dos personas... Eso puede ser peligroso si le pasa algo a uno de ellos. Uno nunca sabe...

—Yo no conozco a nadie que me convenza —afirmó Pedro.

—Harían falta dos tipos que estén fuertes y que sean de confianza.

—Vamos a pensar en la balsa y en las cosas que hacen falta...

—Primero tenemos que decidir esto —lo interrumpió Pedro—. Lo de la balsa depende de esto también.

—Yo conozco a varios socios que son de confianza. Son del barrio. Se podría ir tanteando entre ellos. Por lo menos yo sé que Tito sí se quiere ir. Es un socito que vive al lado de donde yo vivía. El hermano de él se fue en una balsa. El no se fue por quedarse con la vieja, pero ya se le murió. El padre también está allá. A lo mejor sirve. Es un chama reservado. Fíjate que él ayudó al hermano a prepararlo todo y no le dijo nada a nadie hasta que no dieron la noticia de que habían llegado por radio. Además —hablaba atropelladamente— Tito tiene una carta en la que el hermano le cuenta todo lo que le pasó en el mar. A lo mejor todavía la conserva.

—¿Tú tienes absoluta confianza en él? —le preguntó Pedro.

El Rubio se quedó pensativo varios segundos. Después respondió inclinando la cabeza.

—Yo confío en él.

* * * * * *

La mañana transcurría velozmente y el sol en lo alto del cielo comenzaba a calentarlos. Cada cierto tiempo Pedro comprobaba el rumbo con la brújula que llevaba colgada del cuello. El mar continuaba con su acompasado movimiento pasando debajo de la embarcación. Nada interrumpía el pesado silencio de alta mar excepto el sonido de las pequeñas olas al rozar los bordes de la balsa y el continuo conversar de aquellos hombres que, además de remar, no tenían otra cosa que hacer en el reducido espacio que a cada cual le correspondía.

—Cuando el viejo y mi hermano se enteren que estoy en Miami, les da una cosa —dijo de pronto Tito como siguiendo en alta voz el curso de sus pensamientos—. Siempre están preguntándome si no quiero reunirme con ellos, pero imagínate, ¿qué les iba a decir por teléfono? Ahora cuando llegue me pongo a trabajar en la gasolinera del viejo hasta que consiga unos pesitos y pueda encontrar un trabajo mejor. Después hay que ver qué se inventa. Lo principal es...

—Tú no tienes problemas en tu vida. Tú hermano y el viejo enseguida se encargan de ti. René y yo sí vamos a tener que pelarla. No tenemos a nadie que nos tire un cabo —comentó el Rubio.

—Lo único que yo quisiera es encontrar trabajo rápido. Lo demás se resuelve. Yo al trabajo no le tengo miedo. Si en Cuba pinchaba como un animal por cuatro kilos, imagínate cuando se están buscando los verdes. —René hablaba con la boca llena.

—Yo estoy seguro de que si el viejo y mi hermano le pueden tirar un cabo, se lo tiran —afirmó Tito—. Además, siempre he oído decir que los cubanos de Miami ayudan al que de verdad quiere trabajar. El que se escacha es el que quiere vivir del invento. Y tú, Pedro, ¿qué piensas hacer?

—No sé —dijo pasándose una mano por el pie adolorido.

—¡Coño, tú eras el que más embullado estabas y ahora resulta que no sabes qué vas a hacer! —se sorprendió el Rubio—. Yo creía que tú lo tenías todo cuadrado en los Estados Unidos.

—Yo no tengo nada cuadrado. Vamos a llegar y después veremos.

—Yo sí quiero pegarme a trabajar como una bestia para reunir unos pesitos y ver si puedo montar un negocito de zapatos —se ilusionó el Rubio viéndose propietario de una pequeña tienda de zapatos artesanales—. Dicen que a los americanos les gustan cantidad los zapatos hechos a mano...

—¿Pa'que tú te vas de Cuba si allá tu tenías tu negocio de zapatos? —interrogó maliciosamente René—. ¡Irse de Cuba pa'hacerse zapatero...le ronca!...

—Sí, mi hermano, pero ya una vez me lo quitaron todo y me guardaron un par de años. El mismo perro no me muerde dos veces. ¿Y tú, de qué hablas, si quieres hacerte camionero?...

—¡No seas comemierda! Ser camionero allá es otra cosa —hizo un ademán de incorporarse como si se fuera a acomodar al volante de un camión—. No es lo mismo manejar un "International" o un "Ford" que las mierdas rusas que hay en Cuba. Deja que me veas pasar en un animal de esos y estés haciendo tus zapaticos. Cada vez que pase frente a tu tienda te voy a meter un par de fotutazos. Vas a tener que decir: "¡Tremendo animal!"

—Sí, voy a decir: "Tremendo burro va en esa rastra" —respondió ágilmente el Rubio.

Durante toda la mañana estuvieron remando, turnándose cada dos horas. El esfuerzo y el sol que caía de plano sobre ellos hacían muy fatigosa la tarea a pesar de que las condiciones atmosféricas los ayudaban a avanzar con relativa rapidez.

—Ahora es que hacen falta los sombreros que se quedaron —dijo René a la vez que metía la mano en el mar y se mojaba la cabeza.

—No te sigas mojando la cabeza, que ese vapor hace tremendo daño —le aconsejó Tito que iba de pareja a los remos con él.

El Rubio y Pedro estaban echados con las cabezas recostadas a las gruesas gomas negras. A cada rato Pedro metía sigilosamente la mano en el mar y se quedaba unos minutos tratando de captar algún cambio en la temperatura del agua o en la coloración para saber si se encontraban en alguna corriente o contracorriente marina. Constantemente consultaba la brújula.

El viento seguía soplando desde el Sur como es habitual en esta época del año en la costa noroccidental de Cuba. En pocos días Pedro creía haber aprendido el abecé de la navegación. En la Biblioteca Nacional había encontrado cartas náuticas e información meteorológica y de las corrientes y contracorrientes que actúan sobre la isla. Eso era ahora de vital importancia y él estaba consciente de ello, por lo que explicaba en alta voz cada decisión que tomaba.

—René, dale más suave tú, que nos estamos volviendo a desviar. Date cuenta que tú vas a favor de la corriente.

—¡Dale más suave que me vas a reventar! —protestó Tito—. Este se cree que yo soy un motor fuera de borda.

—Lo que tienes es que remar como si fueras un hombrecito —lo pinchó el Rubio.

—¡Ponte con el animal este para que veas lo que es bueno!

—¡Dame acá! Vamos a cambiar de pareja. —a gatas ocupó el puesto que el otro rápidamente desocupó.

—Yo voy a seguir un rato —dijo René—. ¡Déjame enseñarle al pata de garza este como reman los hombres!

Tito y Pedro se incorporaron a medias y observaron la competencia que frente a ellos se desarrollaba. Ambos se esforzaban al máximo. La embarcación cobró nuevos bríos y empezó a avanzar más rápidamente. El sol caía de plano sobre la balsa y los remeros sudaban copiosamente, pero ninguno renunciaba a vencer al otro. El pelo se les pegaba a la frente y la nuca. Paleaban coordinadamente. Las salpicaduras de los remos mojaban a los espectadores. Sobre la piel de sus caras iban apareciendo las marcas blancuzcas de las gotas de agua salada al secarse. La balsa gemía por todos sus amarres, pero dócilmente avanzaba cabeceando. El mar desde el mediodía se veía adornado por penachos blancos sobre las pequeñas olas. El viento soplaba con regularidad desde el Sur, desplazando grupos de nubes de algodón hacia esa dirección. El hermoso azul celeste se reflejaba en el mar ofreciéndole una coloración verde-azulosa. Algas amarillentas flotaban, formando grandes colonias que se desplazaban hacia el Este. Algunas gaviotas los habían sobrevolado en dirección Norte. Hacia allá estaba la tierra.

La competencia se prolongó cerca de una hora. René fue el primero en ceder. Soltó los remos y se tiró de espaldas contra el borde de su cámara.

—¡Ya estoy matao!

—Claro, si llevas casi tres horas sin parar —le reconocieron la victoria.

Habían logrado avanzar bastante. Al menos así creían. No tenían instrumentos para calcular la velocidad ni el lugar en que se encontraban. Lo único que les importaba era avanzar hacia el Norte, tratando de inclinarse un poco hacia el Este para seguir una línea recta hasta los cayos de La Florida. El Sur de la península estaba lleno de cayos. Lo sabían y hacia ellos se dirigían.

Hicieron un nuevo cambio. Pedro y Tito ocuparon sus puestos. El pie del primero estaba hinchado y un fuerte dolor lo castigaba. Se esforzaban, pero no podían igualar el ritmo de sus predecesores. El sol comenzaba a declinar, iluminándolos desde la izquierda. La sombra de la balsa se alargaba sobre el mar. El Rubio y René trataban de descansar acurrucados en sus cámaras protegiéndose las caras con unos pullóveres. René se había enrollado el suyo en la cabeza. Con su espesa barba oscura y los pómulos quemados por el sol tenía el aspecto de un pirata abatido. Al cumplirse las dos horas, Pedro lo tocó con el pie.

—Vayan despabilándose, que ahorita les toca.

Continuaron remando un rato más. René se desperezó y se sentó. Tenía una expresión como si no comprendiera lo que sucedía a su alrededor. Continuamente entrecerraba los ojos y arrugaba la cara. Pedro se burló de él.

—Pareces un gato en el agua. Tienes una cara del carajo...

No le hizo caso. Viró el rostro hacia donde estaba el Rubio y le golpeó la pierna.

—¡Dale, caballo! Nos toca.

Hicieron un nuevo cambio. La tarde avanzó lentamente hasta que el sol comenzó a teñir con un resplandor rojizo el horizonte. El cielo seguía despejado y el mar danzaba acompasadamente debajo de la frágil embarcación. El agua se había ido tornando de un azul grisáceo por la mañana a un azul verdoso en las primeras horas de la tarde. Ahora tenía un tono rojizo en la superficie, pero en la profundidad era un manto oscuro atravesado por sigilosas sombras marinas.

Cuando del sol quedaba una pequeña franja anaranjada recortada contra el horizonte, se hizo visible en la lejanía la silueta de un barco.

—¡Préstame acá los prismáticos! —solicitó Pedro sin hacer ningún comentario.

Instintivamente el Rubio captó la ansiedad en la voz del amigo. Dejó de remar y sin responderle alzó la cabeza mirando a su alrededor.

—¡Espérate! —comenzó a otear el horizonte hasta que se detuvo en un punto—. ¡Un barco!

—Mira a ver si puedes distinguir la bandera o algo para saber de dónde es. —René dejó de remar.

—Está muy lejos. No se distingue nada —murmuró el de los prismáticos.

—¡Déjame ver a mí! —pidió Tito.

—¡Espérate, que ahora me toca a mí! —respondió Pedro alargando la mano en dirección al Rubio.

Cogió los prismáticos y estuvo largo rato mirando fijamente a través de ellos. Cuando se convenció de que era imposible distinguir la insignia del barco, le pasó el instrumento a Tito.

—Sabe Dios de dónde es —dijo arrugando la frente—. De todas formas es mejor que no nos vean.

—A lo mejor no es cubano y le avisa al servicio de guardacostas americano —Tito puso en juego la carta, pero fue rechazada inmediatamente por el Rubio.

—Y si es cubano nos jodemos —respondió—. Es mejor dejarlo pasar. Todavía estamos muy cerca de Cuba.

—¿Qué tú crees, René? —Pedro buscó apoyo.

—Es verdad —respondió el barbudo—. ¡Cógela, campeón! —tomó nuevamente los remos—. Vamos a enseñarle al chama este como es que se rema —dijo tocando con la punta del pie a Tito, que seguía clavado como un poste con los prismáticos delante de sus ojos tratando de distinguir algún indicio de la procedencia de aquel barco.

—Si estuviera un poquito más claro, se podría ver... —terminó la frase en voz inaudible.

El barco pasó a lo lejos. Majestuoso y seguro. Sus luces fueron desapareciendo entre las primeras sombras de la noche. Se alejaba un peligro o una posibilidad, ninguno lo sabía, y respiraron tranquilos cuando las luces no eran más que pequeños puntos lumínicos perdiéndose a lo lejos.

La oscuridad cayó lentamente. Era un hermoso y apacible anochecer. El cielo despejado sobre ellos dejaba ver las primeras estrellas y la luna reflejaba su metálico resplandor salpicando de tonos plateados los lomos de las olas. Tito estuvo largo rato mirando en la dirección hacia donde había desaparecido el barco.

Pedro estaba echado sobre el fondo de su cámara. La brisa, el silencio, el cielo y el oscuro mar producían una combinación de sensaciones que le hacía sentir por primera vez una soledad muy grande y un lacerante sentimiento de lejanía que nunca antes había experimentado.

Todó era silencio y cada cual, amparado en la oscuridad de la noche, vagaba por su complejo mundo interior. Pedro observó a Tito. Pensó en la tragedia de ese muchacho y sintió pena por él. La ilusión de reencontrarse con su padre y su hermano lo obsesionaba. Ahora recordó la primera vez que lo vió. Llegó en medio de un aguacero. Desde el primer momento, Tito le simpatizó.

******

La tarde amenazaba lluvia. El cielo desde el mediodía se había ido cubriendo de espesos nubarrones. El calor era asfixiante y el ambiente estaba cargado de humedad. Las hojas de los árboles colgaban estáticas en sus ramas. Bandadas de gorriones revoloteaban intranquilos presintiendo la tormenta que no acababa de desencadenarse. El olor a tierra húmeda flotaba en el aire.

Pedro y el Rubio buscaban un tercer hombre para la travesía. Ya habían pensado en Tito. Ahora conversaban animadamente en el portal de la casa del padre del Rubio, mientras empezaban a caer las primeras gotas de lo que sería un fuerte aguacero. La conversación fue languideciendo a medida que el chaparrón aumentaba. Las salpicaduras de las gotas volaban en todas direcciones al estallar contra el piso, creando un cerco alrededor de los dos hombres sentados en los sillones. El perro de la casa estaba echado junto al Rubio, que lo acariciaba con el pie descalzo. Gruesos chorros de agua empezaron a caer desde el techo creando una sonoridad de cascada.

Afuera, una figura envuelta en un nylon transparente subía la empinada cuesta sin preocuparse por evadir las corrientes de agua que descendían a gran velocidad por la calle, arrastrando consigo mazos de hierbas, hojas y ramas partidas por el temporal.

El Rubio, que se había sentado junto a la pared huyendo de las salpicaduras, vio cómo la figura se acercaba al jardín de la casa contigua. Se incorporó y sacó la cabeza fuera del techo.

—¡Tito!

—¡Dímelo! —respondió desde el jardín vecino el recién llegado.

—Llégate acá un momento.

—Deja quitarme esta ropa, que vengo ensopado. ¡Ahora voy!

Al poco rato reapareció Tito con unas anchas bermudas floreadas y un par de chancletas de goma. Lanzó una carrera desde el portal de su casa hasta donde se encontraban los dos hombres sentados. Era un joven de veinticinco años de complexión fuerte y baja estatura. Su cuerpo musculoso estaba cubierto de una profusa capa de vellos. Su tórax, ancho y oscuro, semejaba un árbol pequeño y frondoso. El detalle más sobresaliente de su rostro era la boca. Sus labios carnosos y siempre húmedos contribuían a reafirmar la imagen de fortaleza física que de él emanaba. Los ojos pequeños e inquietos acentuaban el rasgo picaresco que hacía agradable su presencia.

El aguacero comenzaba a menguar.

—Bueno, ¿para qué me llamaste?

—¡Coño, pa'saludarte! Hace pila de tiempo que no nos vemos —el Rubio le dio un manotazo en la espalda.

—Bueno, cuéntame algo nuevo.

—Tranquilo, ¿qué te voy a contar?

—¿Has sabido de tu hermano? —inquirió el Rubio encaminando el rumbo de la conversación.

—Si, está bien. Los otros días hablé con él y con el viejo. Están bien —Tito dirigió la mirada a Pedro.

—Este es el socio del que te hablé —el Rubio le dijo a Pedro. Después se dirigió a Tito. —Este es como si fuera mi hermano. No hay tema. Puedes hablar con confianza.

—Si anda contigo me imagino que sea de confianza —replicó Tito.

—El Rubio me dijo que tu hermano se había ido en una balsa —Pedro trató de romper el recelo del recién llegado.

Tito asintió silencioso.

—¿Hace mucho que se fueron? —preguntó Pedro sacando una caja de cigarros.

—Hace año y pico. —Tito rechazó los cigarrillos.

—Hace un año la cosa no estaba tan mala como ahora —comentó Pedro—. Me imagino que ahora se estén lanzando más gente todavía.

—El "Combinado del Este" está lleno de "balseros". Hace poco salió un socito... Lo cogieron cuando se iba, por un chivatazo. Dice que eso está en candela. Todos los días cogen a unos cuantos tratando de irse.

—Es que la cosa está muy mala —apuntó Pedro.

—Eso no es nada todavía. Lo que viene es peor. —el Rubio hasta ese momento había estado al margen del diálogo buscando facilitar la comunicación entre los otros dos—. ¿Qué cuenta tu hermano de aquello? —preguntó indicando con la cabeza hacia el Norte.

—Tú conoces a mi hermano. Aquí no trabajaba pa'nadie, pues dice el viejo que no falta un solo día al trabajo ni llega tarde. Trabaja como un mulo, pero vive como un rey —concluyó.

—Eso no es nada. Aquí tú trabajas como un rey y vives como un mulo —parafraseó el Rubio.

—Milagro no te fuiste con tu hermano. ¿No te avisó? —se aventuró a preguntar Pedro.

—No me fui por la vieja, para que no se quedara sola. Pero yo les ayudé a prepararlo todo. Mi hermano tenía que irse porque estaba quema'o. El ponía carteles y letreros por ahí. Ellos fueron los que pintaron un letrero grandísimo en el techo de la Ciudad Deportiva. Se veía desde Boyeros. —sonrió recordando el efecto que había producido la aparición de aquella consigna contra el gobierno—. Se formó tremendo corre-corre. Fue cuando pintaron de gris clarito el techo de la Ciudad Deportiva. Antes era blanco.

—¿Y después por qué no te fuiste? —curioseó el Rubio—. De aquí del barrio se han ido varias gentes. ¿No te has enterado?

—El Chino y Camilo hablaron conmigo, pero no me cuadraron. Eran muy locos, pero fíjate, llegaron. No los cogieron de casualidad. Yo desconfié, por eso no me tiré con ellos.

—El Rubio me dijo que la vieja había muerto.

—Pedro puso cara de circunstancia.

—¡Coño! ¡Cómo te ha hablado el Rubio de mí! —se extrañó—. ¿En qué están ustedes, Rubio?

—Ven acá, Tito —disparó Pedro—. Si a ti te presentan un buen plan para irte con gente de confianza y bien pensado, ¿te atreverías a lanzarte? —dijo y se le quedó mirando fijamente a los ojos.

—Depende— le sostuvo la mirada—. Si son dos bocones como el Chino y Camilo, no me interesa. ¿Por qué? —dejó rodar la pregunta.

—Supón...

—A mí no me gusta suponer.

—Supón que estamos preparando algo y queremos saber si te interesa. Queremos buscar a dos personas de absoluta confianza para lanzarnos. ¿Te interesa?

Tito miró al Rubio. Se paró y puso la mano debajo de un fino chorrito de agua que continuaba cayendo del techo. Se pasó la mano mojada por la cara y se acercó lentamente a Pedro mirándolo de frente.

—A mí me parece que tú no eres del tipo de gente que se tira a cruzar el charco. En todo caso pareces de los que aprovechan un viaje y se quedan por ahí —lo miró de arriba a abajo.

El Rubio observaba detenidamente a Tito. Conocía su carácter violento y temía alguna reacción brusca de parte de Pedro. Intervino conciliador.

—Ya te dije que Pedro es de confianza. Con él no hay lío.

—Es lógico que desconfíe. Además, es mejor que sea desconfiado. ¿Tú tienes confianza en el Rubio? —le preguntó. Tito asintió y Pedro continuó—. Entonces confía en él. Por el momento confía en él. ¿OK?

—¡Oye, Tito! ¡Yo respondo por éste! —protestó el Rubio.

—¿Cómo es la cosa? —preguntó Tito.

—Por ahora estamos nosotros dos nada más —comenzó a explicar Pedro—. Todo lo podríamos preparar entre los tres y después, a última hora si hace falta, buscamos otro más. Pensamos tirarnos en una balsa hecha con cámaras de camión forradas con lona y cubiertas de alquitrán. Esto de forma general. Ahora hay una cosa que tiene que estar clara. De esto no se puede hablar con nadie. ¿Te cuadra?

Tito miró al Rubio, desvió la vista hacia el jardín y quedó pensativo unos segundos.

—Está bien.

—Si los tres estamos de acuerdo, yo creo que es mejor vernos otro día para entrar en detalles. Hoy es viernes. ¿Por qué no nos vemos el domingo al mediodía en mi casa? —propuso el Rubio—. Vamos a dejar este fin de semana para despejar. El domingo se acaban la tomadera de ron y las mujeres.

❖❖❖❖❖

Pedro y Tito descansaban en sus cámaras. René y el Rubio continuaban remando. El silencio y la soledad permanecían estáticos sobre aquellos hombres y la balsa, cual animal obediente, avanzaba en medio de las noche.

—¿Ustedes piensan ir acostados ahí hasta Miami?

—René sacó el remo del agua—. ¡Dale, que les toca! —le pasó el instrumento a Pedro, que rápidamente se incorporó y lo tomó por la paleta.

—Vamos a meterle duro para enseñarles a estas gentes...

—Aguanta. Hay que comer algo primero. —René les aplacó el ánimo—. Rubio, saca la bolsa que está ahí abajo.

—Coge tú el botellón, que Tito tiene mierda en las manos —respondió el Rubio buscándole la lengua al amigo.

—¡Ahh! ¿Vas a empezar otra vez? —protestó el más bajito, acomodándose en su lugar.

Pedro volvió a colocar el remo sobre la goma negra y se recostó como si esperara ser servido en su lugar.

—¿Quieres servicio de habitación? —le preguntó René.

—Dame acá para abrir las latas —Pedro extendió el brazo hacia Tito en espera de que sacara la cuchilla del bolsillo.

—Dame tres latas de spam y pon las galletas aquí cerca — René dirigía los preparativos—. Vamos a jamar bien, que nos lo merecemos.

Pedro recibió las tres latas que le alcanzó el Rubio y comenzó a abrirlas. Cuando acabó con la primera, lanzó el envase hacia el mar y puso el contenido encima de la tapa del recipiente con las galletas. Al comenzar a abrir la segunda, sintió un repentino chapotear a sus espaldas. Se viró y vio como la lata que había lanzado, que aún flotaba junto a la balsa, desaparecía en medio de un torbellino de espuma y salpicaduras a la vez que una enorme cabeza emergía de las profundidades. Vio los ojillos amarillos de una bestia brillar a la tenue luz de la luna y en fracciones de segundos desaparecer, dejando en la superficie un remolino de espuma.

—¡Vieron eso! —gritó con voz de falsete—. ¡Tremendo tiburón!

—¡Nos están cazando la pelea! —Tito pegó los brazos al cuerpo como si de esta forma pudiera protegerse del ataque de los depredadores marinos.

—Eso fue por una lata. ¡Si cogen a Tito cuando se tiró! —el Rubio trató de bromear aunque no se había repuesto del susto.

Pedro abrió las dos latas que le quedaban. Depositó su contenido junto al de la primera y lanzó los recipientes al agua. Los envases metálicos brillaron a la luz de la luna y fueron a caer a corta distancia. Se mantuvieron flotando durante unos segundos e inmediatamente se repitió la misma escena que habían presenciado hacía un momento, pero esta vez con más violencia en el ataque de los tiburones. Los animales lucharon entre ellos por el bocado. La rebatiña duró varios segundos. El espectáculo los hipnotizó y quedaron asustados y atentos. De repente desaparecieron de la vista por varios minutos. Fue René quien los volvió a ver.

—Están dando vueltas alrededor de la balsa —murmuró con la vista fija en dos aletas que se distinguían en la oscuridad nadando alrededor de la embarcación—. No tenías que haberlas tirado —le reprochó a Pedro.

—Es verdad —aceptó—. Seguro que ahorita se aburren y se van —trató de restarle importancia al asunto.

—Ahora nos van a seguir. —El Rubio miraba las aletas que aparecían y desaparecían a cortos intervalos.

—Ya esos no se nos despegan más —aseguró Tito—. Mi hermano me contó que a ellos también se les pegaron unos y los siguieron casi hasta Miami .

—Me tienen molesto —dijo el Rubio sin dirigirse a nadie.

—¿Molesto? —preguntó Pedro—. ¡A mí me tienen caga'o!

—Ellos saben que cualquier cosa que pase, tienen el almuerzo seguro ... y de gratis —Tito miraba las aletas sombríamente.

—Yo prefiero ser el postre —trató de bromear René.

—Dejen eso y vamos a comer algo —el Rubio cogió un pedazo de spam y algunas galletas.

Los otros se acomodaron y cada cual tomó su ración. El incidente les había distraído el apetito, pero ahora, al sentir el fresco olor del embutido, se olvidaron de las sombras que junto a ellos nadaban y se enfrascaron en sus bocados.

La oscuridad se hizo total. El viento continuaba soplando. Una infinita planicie adornada por la espuma de las pequeñas crestas se extendía alrededor. El cielo descubría todos sus encantos. Las estrellas titilaban armoniosamente sin encontrar otras luces que opacaran su brillo. La balsa era una pequeña mancha perdida en la noche y sus tripulantes indefensos seres en medio del orden universal. Sólo ellos eran su mundo y cada cual se aferraba en su interior a una fe diversa, a alguna fuerza interna que los ayudara a resistir:

"...bien me lo dijo mi hermano...esto es para leones... hay que tenerlos bien puestos...pero p'alante...Pedro tiene el pie en candela...no va a resistir esta tanda...tengo un dolor de cabeza del carajo...seguro que del sol...quedársele al comemierda de René los sombreros...cuando el viejo y Pepe se enteren...qué ganas tengo de verlos...y esos tiburones dando vueltas...esos hijos de puta no se quieren despegar...mientras nadie se caiga al agua...tengo el spam hecho una piedra en la barriga...esos tiburones de mierda...aquí lo que hay es que aguantar y remar...no parar...aguantar y remar..."

Pedro y Tito paleaban pausadamente. El pie del primero estaba inflamado en la zona del tobillo. Se había quitado el zapato. Le apretaba demasiado y temía que le afectara la circulación. El dolor se le iba haciendo insoportable. Los músculos de la cara se le contraían con cada movimiento.

—¿Quieres descansar un poco? —le propuso el Rubio al ver las muecas que hacía—. ¡Dame! Yo sigo

—Deja —le respondió. —Lo que me duele es el pie, no los brazos —siguió remando.

René y el Rubio descansaban acurrucados en sus cámaras. Sobre ellos, el tranquilo paisaje celeste. Dispersas nubes blanquecinas moteaban el cielo. El vientecillo fresco de la madrugada sobre las ropas mojadas les hacía sentir frío. La sal secándose sobre el cuerpo una y otra vez, primero por el sol y ahora por el viento, les provocaba escozor en la piel y una incomodidad insoportable. Aunque el cuerpo les pedía a gritos unos segundos de reposo, no podían descansar y se les iba el tiempo de la espera entre los turnos tratando de encontrar la postura más cómoda.

El Rubio se revolvió. Tenía frío y picazón en la piel. Constantemente se rascaba sus partes. Acabó recostando la cabeza sobre el borde interior de la gruesa goma inflada y suspiró profundamente mirando al cielo. A la mente le vino el padre. Lo vio sentado en su sillón con los pies descalzos y el calzoncillo sobresaliéndole por debajo del short.

"Debía habérselo dicho...sabe Dios cómo termina esto...por lo único que lo siento es por él...Raúl al fin de cuentas tiene su vida hecha...yo no...he estado dando tumbos toda mi vida...no siempre se va a tener tan mala suerte...que escalofrío...esta mojazón me tiene jodido...un día y ya tengo la piel en candela...esos tiburones...ahorita me toca empezar otra vez...me arde la espalda...no he podido descansar nada..."

Nuevamente cambiaron los remeros. Seguían buscando el Norte con una leve inclinación al Este. La corriente ascendente del golfo ya los había apresado y los empujaba hacia el Norte, ayudándoles a avanzar. Esta corriente también podía ser un peligro.

El viento continuó invariable toda la madrugada soplando desde el Sur. La estrella Polar, hermosa y rutilante, les aseguraba la dirección a seguir. El mar no había dejado de ser una esperanza y un misterio. Los tiburones no habían vuelto. En la quietud de la noche los minutos pasaban calmadamente. La balsa avanzaba entre las crestas suaves de las olas. Siempre marcando al Norte, siempre hacia adelante. A pesar de todo y gracias a todo.

Capítulo Tres

El día se abrió paso lentamente. Una leve claridad por el Oriente anunciaba el pronto amanecer. El cielo aún oscuro se veía salpicado de minúsculos puntos luminosos y la luna dejaba escapar una difusa luz que apenas llegaba a ellos.

La calma plomiza del amanecer hacía del mar un gigantesco plato azul-grisáceo. Las ondulaciones de las olas elevaban la balsa para luego dejarla descender en un tranquilo vaivén.

El resplandor del sol naciente marcó en el Oriente el comienzo del día ofreciéndole al mar un despertar hermoso y sosegado. Poco a poco, sin poder precisar el momento, la claridad desplazó a las sombras de la noche y fue alargando la luz a toda la extensión de la vista. Los primeros rayos colorearon de un rosa pálido los bordes de las nubes sobre el horizonte.

Navegaban hacia el Norte ayudados por el correr imperceptible del gigantesco río submarino que arrastra las cálidas aguas del Sur hacia la costa oriental de los Estados Unidos y Canadá bordeando la península del Labrador, para desde allí, lanzarse impetuosamente a través del Atlántico buscando las frías costas occidentales de Europa.

Avanzaban rompiendo con la redondeada proa grandes lagos que se distinguían sobre la superficie como manchas estáticas, alrededor de las cuales corrían apacibles ríos submarinos.

La travesía desde las costas de Cuba hasta los cayos del Sur de La Florida debía tomarles, según sus cálculos, seis o siete días, avanzando a razón de quince o veinte kilómetros diarios. El viento y la corriente que venían del Sur los impulsaban con fuerza hacia el Norte.

Durante toda la madrugada una pareja se mantuvo remando mientras la otra descansaba, protegiéndose de la humedad y el frío de la noche con los sacos de lona que cada cual llevaba. Al amanecer, Tito y Pedro tenían cumplida la mitad del tiempo establecido cuando el Rubio se revolvió en su cámara. Con los ojos colorados y el pelo revuelto y mojado se dirigió a Pedro.

—¿Qué hora es?

—Van a ser las seis y media —se reacomodó en su puesto.

—Vamos a comer algo —propuso el Rubio.

Pedro y Tito continuaron remando. Les correspondía a los otros preparar lo que iban a comer. El Rubio tocó con el pie a René, que se acurrucaba en el estrecho espacio de su cámara.

—Alcánzame dos latas de spam —metió la mano en el mar y le lanzó un poco de agua.

René giró en su posición y se puso de frente a él, pero permaneció acurrucado unos segundos. Lo volvió a salpicar.

—¡No jodas más! —le dijo secamente.

—¡Alcánzame las latas! —lo apuró.

—¡Aguanta! —el de la barba miraba embelesado hacia el horizonte. Se inclinó a sacar el bulto con las conservas que venía amarrado a remolque. Metió los brazos en el agua y con la misma se lanzó hacia atrás, sacándolos bruscamente.

—¡Me cago en su madre! —el susto lo despabiló—. ¡Ahí están los hijos de puta! —señaló a unos diez metros detrás de la balsa.

A cierta distancia una aleta avanzaba lentamente. Un tiburón de más de seis pies nadaba entre las quietas aguas. Su cuerpo parduzco se distinguía fácilmente entre el azul del mar. Se movía majestuosamente, con calma y seguro de sus fuerzas. Su aleta salía por momentos a la superficie, abriendo el agua como una filosa quilla. No se esforzaba, casi flotaba detrás de la embarcación. La poderosa cola golpeaba con fuerza, imprimiéndole con cada coletazo un nuevo impulso a su aerodinámica figura.

—¡Qué te dije! —se alteró Tito— ¡No se nos van a despegar!

—Hay uno sólo —dijo el Rubio recorriendo con la vista los alrededores— ¡Préstame el remo! —se lo arrebató a Pedro de las manos.

El tiburón seguía nadando impasiblemente. Ahora se había situado a la derecha de la embarcación avanzando paralelamente a ésta. El Rubio cogió el instrumento por la paleta e introdujo la empuñadura en el agua haciendo bruscos movimientos con el mango a escasos dos metros del animal, que inmutable nadaba sin prestarle atención al remo. Así estuvieron varios segundos. De pronto la bestia giró bruscamente y pasó rozando la balsa con su poderosa cola. Se sumergió y se situó a la izquierda, dos o tres metros detrás de la embarcación.

—¡Qué cabrón! —sonrió el Rubio devolviéndole el remo a Pedro.

—Tú te crees que son comemierdas —Tito sacó el bulto aprovechando que el tiburón se había situado al lado contrario de donde estaba sumergida la malla con los alimentos en conserva. Extrajo dos latas de carne rusa, volvió a amarrar el paquete y lo metió nuevamente en el mar.

—¡Toma, abre ahí! —le alcanzó las latas al Rubio.

Este las abrió, le sacó los pedazos de grasa con la punta de la cuchilla y los arrojó hacia el mar. Puso el contenido encima de la tapa de la lata de galletas y empezó a preparar varios bocaditos poniendo un poco de aquella grasienta carne entre dos galletas de sal. La grasa se le escurría entre los dedos.

—¡Ni a los tiburones les gusta esta carne! —dijo al ver que el animal permaneció impasible cuando lanzó los pequeños pedazos de grasa al mar.

René se inclinó y sacó el recipiente con agua que venía flotando casi vacío detrás de ellos.

—Ya se está acabando éste— dijo con el botellón en la mano— Tenemos que ahorrar más el agua por si acaso...

—Y al berraco este se le cayó... —el Rubio señaló a Tito con la burla en el rostro.

—¡Deja la gracia esa, que tú no eres gracioso ni un carajo! —Tito lo interrumpió enojado—. ¡Ya me tienes cansado con la misma comemierdería!

—Pero es verdad...

—¡Deja eso, que tú no eres gracioso! —estaba incómodo. Dio un manotazo contra el borde de la balsa—. ¡Ya me tienes jodido con la misma gracia!

—¡Ehh!, míralo... —quiso seguir la broma.

—¡Tú jodes mucho! —intercedió René—. Cambia el disco...

En toda la mañana Pedro apenas había hablado. Ahora observaba como el Rubio y René discutían. El primero perdía la medida de las bromas y no paraba hasta provocar una discusión.

—Tú berreas a cualquiera —le dijo René.

—¡Coño! ¡Si lo único que podemos hacer es reírnos!

—Sí, pero todo tiene un límite —Tito estaba visiblemente disgustado—. Tengo un dolor de cabeza del carajo y tú con la comemierdería esa.

—¿No se te ha quitado? —le preguntó René.

—Parece que de un momento a otro me va a explotar— se puso la palma de las manos en las sienes—. Tengo unos latidos del carajo.

—No tenemos ni aspirina —murmuró Pedro.

—¡Toma! Cúbrete la cabeza —el Rubio se quitó la camisa verde-olivo que traía puesta y se la extendió—. Ese dolor es del sol —se quedó con un pullóver blanco. Su cuerpo delgado y musculoso se destacaba en el ajustado pullóver—. Descansa un rato, que yo sigo remando —le propuso.

—No, deja...

—¡Dale! Tírate un rato para que veas que ahorita se te quita —lo apoyó René— Nosotros seguimos.

Tito se acurrucó en el fondo de la balsa. Extendió la camisa sobre su cabeza a modo de toldo y trató de descansar. Se revolvía constantemente sin encontrar una posición cómoda. Así estuvo un rato hasta que no pudo más y se sentó nuevamente.

—No puedo ni cerrar los ojos —se quejó.

—Quédate tranquilo ahí— el de la barba le puso la mano en la pierna—. Ahorita se te quita.

El sol los castigaba desde las primeras horas de la mañana. Ahora sus rayos les venían casi de frente. Al reflejarse en el mar, elevaban un resplandor refulgente que molestaba la vista. Era un gigantesco espejo dirigido contra sus rostros. El calor los agobiaba y sudaban copiosamente quemando las reservas de agua y sal del organismo. Esta constante sudoración les provocaba más sed y a medida que más agua tomaban se hacía más abundante la transpiración. El calor y la incomodidad del salitre y el sudor evaporándose sobre sus cuerpos los hacía sentir molestos e irritados.

René sacó unos pedazos de soga de su saco de lona y los colocó en el fondo de la cámara. Enrolló el saco a modo de kepis y se lo puso sobre la cabeza. El borde sólo dejaba ver sus pobladas cejas y la mancha oscura de sus ojos.

—Esto sirve para protegerse del sol —su rostro bonachón lucía cómico. El Rubio y Pedro paleaban coordinadamente. Introducían los remos en el agua y con el brazo más cercano a la empuñadura empujaban hacia adelante y con el otro halaban hacia atrás. La balsa tomaba impulso y suavemente se deslizaba por el tranquilo mar, proyectando su alargada sombra hacia las profundidades.

René observaba con la mandíbula recostada al borde de goma de la cámara el movimiento sosegado de algunos peces que esporádicamente se atravesaban en el camino. El tiburón había dejado de ser motivo de preocupación aunque permanecía escoltando la balsa a cierta distancia. Era un tiburón gata y sabía que esa especie no es agresiva. No obstante a cada rato alzaba la cabeza para cerciorarse de que el tiburón se encontraba a suficiente distancia. La piel parda del animal se distinguía con facilidad contra el azul marino. René disfrutaba el inmenso mundo de silencio que se extendía debajo de él. El agua cambiaba constantemente de tonalidades. Cuando pasaban sobre un fondo arenoso, el mar rápidamente se abría a la luz del día y sus aguas adquirían un azul pálido aumentando la visibilidad hacia las profundidades. Luego se oscurecía rápidamente haciéndoles saber que debajo de ellos enormes montañas de roca se extendían. Cuando el mar se tornaba más oscuro, aumentaban los síntomas de vida submarina. Extraños cuerpos se desplazaban tranquilamente entre las quietas aguas.

Una gigantesca mancha de sardinas pasó con movimientos bruscos y ordenados a poca distancia de la embarcación. Nadaban a pocos metros de profundidad y René pudo observar los rápidos giros de miles de pececillos plateados que, guiados por la voz del instinto, completaban una extraña danza de salvación. El reflejo de la difusa luz solar sobre sus plateados cuerpos hacía bullir el mar a varios metros de profundidad. De pronto, como a una orden inviolable, las sardinas se lanzaron a la superficie. El agua alrededor de la balsa comenzó a bullir. Miles de peces saltaban al unísono sacando sus cuerpos pequeños y brillantes sobre la superficie. Los rayos del sol reflejados en sus diminutas escamas plateadas se desintegraban en millones de haces refulgentes. Un suave murmullo de cascada llenó el silencio de la mañana.

—¡Miren eso! —exclamó sorprendido René.

El mar bullía decenas de metros alrededor de la balsa. Los pequeños peces saltaban contorsionándose en el aire. Algo hermoso e incomprensible se desarrollaba alrededor de ellos. Miles y miles de plateados pececillos salían a la superficie buscando el sol.

—¡Yo nunca había visto una cosa así! —dijo asombrado René.

Durante varios segundos observaron inmóviles el espectáculo. De repente, como mismo había comenzado, se terminó. A una orden dada por alguna recóndita voz, las miles de sardinas cesaron su danza y se sumergieron como un rayo fulminante cortando el agua. En fracciones de segundo la mancha desapareció bajo la superficie para reaparecer varias decenas de metros adelante en dirección al sol. Desde lejos vieron nuevamente el brillante resplandor centelleando sobre las tranquilas aguas.

—¡Las están persiguiendo los tiburones! —aseguró René.

La mancha estuvo apareciendo y desapareciendo durante un rato. Surgía lo mismo frente a ellos que a la derecha o a la izquierda, en constantes cambios de dirección tratando de burlar a sus invisibles perseguidores.

Los de la balsa observaban atónitos aquel emocionante episodio de lucha por la subsistencia. Algo desconocido ponía en movimiento al gigantesco cardumen de sardinas como en una trágica revelación de las ocultas fuerzas que lo acechaban. El refulgente ballet les hacía sentir asombro y miedo.

—Esto está cundío de tiburones —Tito habló en voz muy baja.

Pedro y el Rubio habían parado de remar cuando las sardinas comenzaron su escalofriante danza. Estuvieron un rato inmóviles, temerosos de destruir con algún movimiento el encanto del momento.

—¡Qué cosa más impresionante! —comentó admirado Pedro, poniendo la paleta del remo sobre el borde de la cámara.

—¡Dame acá! —René lo sacó de sus cavilaciones—. Vamos a cambiar ya.

Pedro le entregó el instrumento y trató de acomodarse. Sacó el pie derecho y lo puso sobre la goma negra, casi frente al rostro de René.

—Tienes el pie en candela —observó éste.

Pedro se subió un poco la pata del pantalón y miró detenidamente su pie. Una sombra rodeaba el tobillo derecho que apenas se notaba por la inflamación. Pequeñas venitas azul oscuro se ramificaban por toda la parte posterior, dándole una coloración violácea a la región. La hinchazón había aumentado paulatinamente y ahora comenzaba a extenderse hacia la parte baja de la pantorrilla.

—Tiene que estar fracturado.

El dolor era agudo y continuo. Se bajó la pata del pantalón y se puso la media. Apoyó el calcañal nuevamente sobre el borde de la cámara. Sintió alivio. Se mantuvo en esa posición largo rato. Luego puso los dos pies sobre la goma. El calor del sol sobre el rostro y la cabeza lo amodorraba. Se sintió como un lagarto inmóvil bajo el sol. Recordó los caimanes del zoológico con sus bocazas abiertas. Pensó en el niño. Un suave vientecillo le refrescaba el rostro por momentos. Se sentía en una nube de vapor. El suave danzar de la balsa sobre las olas y el murmullo de las olas al chocar contra la balsa lo relajaron. Dos gruesas gotas de sudor bajaron por su frente. Apoyó la cara sobre el hombro y oyó risas y oyó voces.

Una trigueña muy joven se sentó a su lado. Tenía la piel bronceada cubierta por brillantes gotitas de agua. Su trusa era verde tierno y su piel muy tersa. Oyó la risa y el parloteo continuo de la multitud que se bañaba en la playa.

—¿No te quieres bañar?

—Sí —la ayudó a pararse tomándola por las manos y halándola hacia sí. Sus cuerpos quedaron muy próximos.

—Vamos a coger la balsa —se inclinó. Sus hermosos senos fueron atraídos por la fuerza de gravedad— ¡Ayúdame!

Cargaron la balsa. Ella iba delante. Su exquisito cuerpo se recortaba contra el azul del mar. El pelo mojado se le pegaba al cuello y los hombros. Caminaba suave y provocativamente. Sus muslos eran fuertes y tersos y su cintura incitante. Llegaron al agua. Ella se acostó boca abajo sobre la balsa. Apoyó la mandíbula sobre el dorso de las manos y lo miró y sonrió. Pedro vio el bello cuerpo casi desnudo echado sobre la balsa y deseó acariciarlo. Fue sintiendo un agradable calor que le subía. Se acercó más y dejó caer unas gotitas de agua sobre la bronceada espalda de la muchacha. Las gotas bajaron zigzagueantes por la curva de la espalda hasta el nacimiento de las nalgas. Ella lo salpicó y se dejó caer suavemente. A lo lejos la playa llena de puntitos negros. Se tomaron de las manos sobre la balsa. Uno frente al otro. Sus brazos se rozaron. Pateaban suave y sus piernas y muslos se rozaban excitantemente. Ella se pasó la lengua lánguidamente sobre los labios y se sumergió frente a él. "Cuando salga, le doy un beso". Esperó apoyando la cara contra la superficie de nylon de la balsa. Se demoraba. Era parte del juego. Pedro sintió la trusa tirante y deseó que saliera. Miró a su alrededor. No la vio y decidió sumergirse. Se descolgó y bajó lentamente por el propio peso de su cuerpo. Pequeñas burbujas de aire ascendieron desde su nariz. Vio como una sombra gris se alejaba rápidamente. Un cuerpo semicubierto por la arena danzaba inmóvil al vaivén de las olas. Se acercó. Una mano se extendió pidiéndole ayuda. Al cuerpo le faltaban las piernas. ¡Era ella! Trató de huir pero la mano lo agarró por el pie halándolo hacia abajo. Le faltaba el aire. La mano lo atenazaba y no podía subir. Una fuerza diabólica lo atraía hacia abajo. La arena se levantó en oleadas a su alrededor. Batallaba por zafarse. No podía respirar. Tenía que soltarse. No podía respirar y la mano lo apretaba con más fuerza. No quería. No podía respirar y bajaba.

—¡No!

—¿Eh? —le sonrió René— ¿Estás soñando?

Pedro hizo una mueca y arrugó la cara. El resplandor del sol lo cegaba.

—¡Qué buena estaba! —se lamentó— Era la de la biblioteca...

—¿De qué tú hablas? —se intrigó René.

—Nada —volvió a la realidad. Observó la hora y vió que había dormido apenas unos minutos. Todavía podía descansar un rato. El pie le seguía doliendo. Se acomodó y quedó recostado inmóvil contra el borde de la cámara. Entrecerró los ojos y trató de descansar. El sol del mediodía calentaba inmediatamente la superficie de la goma resecando la lona que la cubría. El aire comprimido al calentarse buscaba una salida para expandirse. La cámara estaba dura y caliente. Pedro sintió la presión dentro de la goma y pensó que sería conveniente dejar escapar un poco de aire. El pitón quedaba contra el fondo de lona. Quitó la tapita de protección y con ella misma presionó el gusano. El aire silbó al encontrar un escape. Dejó salir más aire caliente. La presión cedió.

—No vaya a ser que explote por el calor —Pedro se volvió a recostar. Ahora la goma estaba menos tensa.

El Rubio y René siguieron remando. Sudaban

copiosamente. Tenían la ropa empapada. La sal del sudor y el salitre al secarse dejaban una huella blancuzca sobre las ropas. Paleaban despacio. Ya el agotamiento comenzaba a hacer mella en sus fuerzas. Remaban unos minutos y paraban para recuperar fuerzas. El bochorno era insoportable. La respiración se hacía más pesada. La balsa avanzaba dejándose llevar por el arrítmico palear.

La mañana pasó, lenta y calurosa. El sol no se había ocultado ni un momento desde que salió. Ahora brillaba en el centro del cielo exactamente sobre sus cabezas. Todo ardía y un espeso vapor flotaba en el ambiente. Por el Sur, sobre el azul intenso del cielo se podían observar algunas nubes grises. El aire caliente soplaba trayendo una lejana esperanza de lluvia. El mar como una infinita planicie se extendía más allá del alcance de la vista. Todo azul. Sólo mar y cielo. Sólo ellos en medio del caliente silencio del mediodía. Un pequeño punto negro dentro del infinito azul.

La pareja continuó remando. El rostro y los brazos del Rubio semejaban brazas de carbón encendidas. Los pómulos y la nariz le ardían y sentía un constante cosquilleo en toda la piel. El pullóver empapado en sudor y en agua se le pegaba dejando traspasar los rayos del sol. La continua mojazón del pantalón lo molestaba e irritaba. El pelo pegado a la frente, la nuca y las sienes lucía opaco y pegajoso. Las manos las tenía ampolladas. Los dedos arrugados y pálidos por el continuo contacto con el agua se aferraban con fuerza al remo tratando de imprimirle mayor velocidad a la balsa. La posición era incómoda y una desagradable molestia le recorría la espalda en la zona lumbar. Remaba resignadamente. Su mirada recorría constantemente el horizonte en busca de alguna señal. La recóndita esperanza de ver aparecer un barco le daba fuerzas, pero muy dentro sentía la espina del miedo y del pesimismo clavada firmemente.

"...ya debemos estar bastante lejos de Cuba...por esta zona pasan muchos barcos cubanos y rusos...capaz que nos pongamos fatales y nos tropecemos con un barco cubano...después de tanto trabajo que nos cojan de jamón...es mejor jugársela hasta el final...hay que estar seguro...si aparece un barco hay que estar bien seguros de que no es cubano ni ruso...yo por lo menos no me voy a dejar coger de jamón...pa'la cárcel no vuelvo..."

Siguió remando. A su izquierda René lo hacía con más vigor. Escoraba la balsa por el peso de su cuerpo. Sudaba abundantemente. Resoplaba y bufaba por el esfuerzo. Introducía el remo violentamente en el agua y lo halaba hacia atrás con fuerza. El saco de lona enrollado en su cabeza caía sobre los hombros cubriéndole una parte de la espalda. Sobre su camisa gris claro se veían manchas oscuras que cubrían toda la espalda y las axilas. Sentado en esa posición, entre la camisa y el pantalón dejaba ver el nacimiento de las nalgas. La mole de músculos y grasa resoplaba y remaba salpicando profusamente todo a su alrededor. Algo personal había en aquella relación entre el hombre y el mar. Amor y odio. Miedo y encanto. De niño amaba el mar. Este le había dado los más gratos recuerdos de la infancia. Le gustaban las tranquilas noches cuando salía a pescar con su padre y desde lejos veían las luces de Caibarién abrazando la costa. Amaba las interminables historias de los viejos pescadores cuando se reunían bajo el opaco bombillo del portal de su casa a jugar dominó y entre jugada y jugada siempre una historia del mar, de hacía muchos años, de cuando eran tan jóvenes. Eran historias de amor y miedo, de odio y encanto. Esos sentimientos fueron formando su visión del mar como de algo hermoso y terrible. Despúes fue su cárcel. Recordó las frías noches de guardia, el uniforme de recluta, las horribles marejadas y la lejanía. Siempre alejado de los suyos a esa edad en que se necesita tanto de una mujer como de la madre. Ahora el mar se abría ante él como un ancho camino sin retorno, como la única posibilidad y tuvo miedo. Se vió pequeño e insignificante ante aquella enormidad azul. Se sintió indefenso y débil. Eran cuatro locos apostándole al destino y él, mejor que los otros, conocía el mar. Su fuerza y su misterio. Su bondad y su violencia. Ya no había regreso. El mar, ahora azul y quieto, los dejaba avanzar sin oponerles resistencia.

"...pero sabe Dios como puede estar mañana...esta gente no sabe en lo que nos hemos metido...que nos coja una marejada nada más...y los tiburones...yo mismo no sé como se me ocurrió meterme en esto...¡imbécil!...me dejé embullar por esta gente que no sabe lo que hace...estar siete días así...hay que ver si lo resistimos...digo siete días...quién sabe...la única esperanza es que nos recoja un barco...nosotros no aguantamos siete días...si pasa un barco, hay que tratar de que nos vea...hay que hacerle señas...hay que jugársela..."

El ardiente sol caía de plano sobre la balsa. El viento continuaba soplando suavemente desde el Sur y en esa dirección pequeñas nubes grises se acumulaban y desplazaban lentamente hacia el Norte. Frente a ellos el cielo límpido reflejaba su color sobre las quietas aguas. A sus espaldas el mar se iba tornando gris a medida que pasaban los minutos.

—Hacía falta que lloviera un poco —la voz de Tito sonó reseca.

Era la única esperanza de escapar del bochorno de la tarde. Tenían necesidad de aquella lluvia para refrescar sus cuerpos y quitarse la molesta sal de encima. Quizás podrían obtener un poco de agua para beber. Les quedaban dos recipientes de diez litros y un poco en el tercero. El viento siguió acumulando las nubes, pero éstas no llegaban a cubrir el sol que brillaba en lo alto despidiendo un calor abrasador sobre los tripulantes de la balsa. Tito desde la mañana no había remado y los relevos se iban sucediendo con mayor rapidez. Tenían menos tiempo para descansar ahora que el cansancio era mayor. El mar continuaba siendo un plato azul oscuro recorrido por suaves ondulaciones. El viento sopló fresco. A lo lejos, por el Sur, las nubes comenzaron a oscurecerse. Más y más grandes columnas gris claro bajaban hasta la superficie del agua formando un nebuloso velo. Sobre ellos el cielo continuaba despejado, pero al sol se estaban acercando gigantescas motas grises. Las nubes avanzaban reflejando su sombra en el mar. Fueron ganando espacio. El sol quedó oculto y una agradable sensación de frescor los reconfortó. Las sombras grises del Sur continuaron desplazándose.

Vieron una tenue cortina acercarse lentamente. Venía hacia ellos. El olor a lluvia se hizo palpable. Sintieron las primeras gotas caer sobre sus ardientes cuerpos. Una alegría infantil los alborozó. El Rubio comenzó a quitarse la ropa hasta quedar completamente desnudo. La amontonó sobre el fondo de la cámara y de rodillas abrió los brazos al cielo exponiendo el rostro al agradable golpear de las gotas. Sintió correr la vida por su piel. El aguacero arreciaba. El pelo le chorreaba sobre la frente y el cuello. Así, arrodillado desnudo de cara al cielo y con los brazos abiertos en cruz, semejaba una imagen bíblica de postración ante las fuerzas divinas.

Sobre su delgado cuerpo corrían las gotas como un mensaje de salvación.

Los otros rápidamente lo imitaron y quedaron desnudos. Sintieron el fresco de la lluvia acariciar sus pieles resecas y lastimadas por el sol. Quedaron arrodillados, completamente desnudos y de espaldas a su camino. El mar alrededor bullía suavemente por las salpicaduras de las gruesas gotas que bajaban impulsadas por el viento. Ningún otro movimiento en toda aquella extensión. Sólo la lluvia cayendo con fuerza. El suave arrullar llenaba el silencio en la inmensidad de aquella llanura azul. Se deleitaban en aquel momento de sosiego. Bebían el agua que chorreaba por sus caras. El cielo estaba más oscuro y la lluvia continuaba cayendo con fuerza.

—¡Menos mal! —murmuró agradecido Tito.

—Vamos a tratar de coger un poco de agua para tomar —propuso René.

—¿En qué la recogemos? —preguntó el Rubio.

—Exprimiendo la ropa.

Desenrollaron las camisas y los "pullovers" y los extendieron entre sus brazos. Rápidamente las telas absorbían el agua.

—Exprímanlas varias veces para que suelten el salitre —René enrolló su camisa y la exprimió. Luego pegó sus labios a la tela enrollada absorbiendo la humedad—. ¡Todavía tienen sal!

Repitieron la operación varias veces. Ya apenas se sentía el sabor salobre del agua escurrida de esta forma. Empezaron a exprimir las prendas pegándolas a la boca del botellón plástico. El agua turbia se mezclaba con la que quedaba en el recipiente. El aguacero empezó a amainar. Lograron recoger casi dos litros. En el cielo se fueron abriendo pequeños claros entre las nubes. A través de ellos se dejaba ver nuevamente el cielo azul. El sol permanecía oculto.

La lluvia cesó lentamente y las nubes se fueron alejando más ligeras luego de desembarazarse de su carga. El aire se sentía más limpio. El chubasco, lejos de preocuparlos, los había animado.

Se vistieron nuevamente. Las ropas mojadas, libres del salitre, aliviaban el ardor de sus pieles quemadas. El sol aparecía a intervalos entre los claros de las nubes. Estaba en su trayectoria de regreso al poniente y sus rayos oblicuos ya no quemaban tan intensamente. Les era casi placentero sentir por momentos el calor del sol sobre las ropas mojadas.

—¿Se te quitó el dolor de cabeza? —el Rubio se inclinó hacia Tito.

—Se me alivió —se veía más recuperado.

—¿Y tu pie? —le preguntó a Pedro.

—Parece que lo tengo fracturado. La hinchazón no se baja.

—Estamos del carajo: dos muertos y dos inválidos —bromeó René—. ¡Y es el segundo día!

El Rubio y René continuaron remando. Hacía ya tres horas que remaban aunque habían tomado más de media hora de descanso durante la lluvia. Sus fuerzas iban disminuyendo y con ellas la velocidad de la balsa.

—¡Dame el remo! —Tito se sentó—. ¿Vamos, Pedro?

Entregaron los remos a sus relevos y simultáneamente se tiraron hacia atrás. Un silbido burbujeante acompañó el golpe. Debajo de la balsa borboteó el agua.

—¡Una cámara se ponchó! —el Rubio trató de adivinar cuál era.

—¡La mía no es! —Tito palpó la goma tratando de medir la presión. El nerviosismo se apoderó de los cuatro.

—¡Esta tampoco!

René se arrodilló y apoyó el puño contra la cubierta de lona presionando con todo el peso de su cuerpo. La goma cedió a la vez que aumentaba el burbujeante sonido.

—¡Es ésta!

La goma perdía presión rápidamente, disminuyendo por segundos su flotabilidad.

El agua anegaba completamente el fondo de lona sobre el que René se apoyaba. Se quitó el saco que traía enrollado en la cabeza y echó en su interior unos pedazos de soga enchumbados en agua. Le entregó el bulto al Rubio e inmediatamente comenzó a zafar el amarre que sostenía la malla con las conservas mirando nerviosamente a su alrededor.

—¡El nudo está muy duro!

—Ven para acá. Ahora lo cortamos —le indicó el Rubio desde la cámara que estaba a la derecha.

René haló el bulto con los alimentos y lo tiró dentro de la goma e inmediatamente se deslizó hacia donde estaba el otro. El Rubio se desplazó hacia el otro extremo a modo de contrapeso. Pedro y Tito desde sus posiciones agarraban fuertemente los remos de repuesto y miraban continuamente a su alrededor temerosos de ver aparecer las aletas de los tiburones.

La goma abandonada por René era un blando amasijo sujeto en un punto a la cámara de Tito y en otro a la de Pedro.

—Vamos a zafar los remos para halar la bolsa —Tito

extrajo la cuchilla y cortó la soga que ataba uno de los remos de repuesto.

—¡No la cortes! —le gritó el Rubio—. Tenemos que volver a amarrarla.

Los pedazos de soga cayeron al agua y se sumergieron suavemente junto a ellos.

—¿Para qué la cortaste? —le gritó Pedro empeñado en desatar el otro remo.

El bulto con las latas pendía de los amarres sumergido en el agua. Se podía zafar de un momento a otro y perderían toda la comida. La cámara ponchada, que aún conservaba restos de aire en su interior, danzaba como una culebra negra.

—¡Espérate! —René se inclinó y agarró un pliegue de la goma que flotaba fuera del agua. Lo haló hacia sí y comenzó a subir el resto de la cámara con el lastre de las latas colgando en el extremo opuesto. Agarró la malla con las conservas y se la puso en las piernas—. Vayan inflando la otra mientras yo y el Rubio zafamos ésta. Vigilen no vaya a acercarse algún tiburón.

El Rubio se arrodilló junto a él. Nuevamente el peso mal repartido inclinó peligrosamente la balsa. Se tiró hacia atrás. Tenía que permanecer en esa posición para conservar el equilibrio.

—¡Zafa la de repuesto que está amarrada ahí! —le indicó a Tito—. Yo la voy inflando. ¡Ayuden a René a desenredar toda esa mierda!

Ya René había logrado zafar el bulto con las latas de conserva. Se lo pasó a Tito, que lo depositó junto a él. Al colocarlo, dos latas se salieron y cayeron al mar. Las vieron bajar centelleando unos segundos. De pronto dos sombras veloces las interceptaron. Aparecieron de improviso a la derecha de la balsa. Veloces y voraces dieron cuenta rápidamente de los envases y quedaron merodeando por los alrededores en espera de nuevas presas. Permanecieron sumergidas varios minutos para luego ascender cadenciosamente hasta asomar sus aletas sobre la superficie. Los de la balsa las vieron dando vueltas alrededor de ellos.

—Vamos a esperar que se vayan —propuso René.

—No se van a ir —Pedro se incorporó y zafó el remo que unía su cámara a la que se había ponchado. Lo colocó encima de la balsa y trató de soltar las ataduras entre ambas gomas. La soga húmeda se resistía y los dedos arrugados y debilitados por la permanencia continua en el agua se lastimaban por el fuerte roce con las sogas. Durante largos segundos intentó inútilmente zafar aquellos amarres. Continuamente miraba hacia la pareja de tiburones que nadaba a su alrededor.

—¡Hay que cortar esta mierda! —se desesperó.

—¡No la cortes que las sogas no alcanzan! —lo detuvo René.

—¡Tú ves que no se puede! —lo apoyó Tito.

—¡Ustedes tienen mierda en las manos! —René se molestó. El tenía más destreza que los otros en el manejo de las sogas— ¡Deja cruzar para allá! —pasó tambaleándose hacia donde estaba Pedro— ¡Acaba de zafar aquella que ya está floja! —le indicó.

El Rubio continuaba soplando para inflar la cámara de repuesto. Aspiraba profundamente llenando de aire sus pulmones y espiraba introduciéndose el pitón en la boca y expulsando el aire con fuerza. Repetía la operación maquinalmente, observando atento el movimiento de los escualos alrededor de la embarcación. Las aletas grises aparecían y desaparecían entre las olas.

—¡Toma, sopla un poco! —le pasó la goma a Pedro. Este se sentó y comenzó a soplar. Inspiraba el aire por la nariz y lo expulsaba con fuerza hacia el interior del pitón. Comenzó inspirando y espirando rápidamente, pero pronto disminuyó el ritmo.

René ya había acabado de zafar los amarres que unían su cámara a la de Pedro. La temible pareja persistía girando alrededor de ellos.

—¡Me ha dado hasta mareo! —el Rubio introdujo el gusano sin poder impedir que un poco de aire se escapara. Lo enroscó en el interior del pitón y colocó la tapita negra en la boca del tubo metálico— ¡Completo!

—Vamos a ponerle el fondo —René le pasó un mazo de sogas. Pedro y el Rubio estaban sentados dentro de la negra circunferencia. Habían colocado la que acababan de inflar exactamente encima de la otra. Desde el centro sobresalían sus hombros y cabezas. La agarraban sujetándola con los brazos abiertos.

—Tienen que salir de ahí para amarrar las sogas —les indicó René.

Comenzaron a amarrar las sogas del fondo. Trabajaban en silencio sin perder de vista el tranquilo nadar de los tiburones a su alrededor. El sol estaba cercano a su puesta y querían terminar antes de que anocheciera. El mar continuaba calmo aunque fue cobrando vida poco a poco después de la lluvia. Pequeñas olas balanceaban la maltrecha embarcación. El viento seguía invariable soplando desde el Sur y rizaba toda la superficie de la llanura azul.

Terminaron cuando los últimos rayos del sol poniente se filtraban entre las nubes del horizonte. La pareja de tiburones desapareció sin ellos percatarse, tan silenciosamente como había aparecido. Todo el cielo por el Oeste estaba teñido por un resplandor naranja rojizo. Los bordes de las nubes fulguraban recortados contra el gris azul del cielo. El reflejo encendido del sol abrió un camino dorado hacia el Oeste. Los pequeños rizos del mar asumieron el color del sol. La incandescente esfera comenzó a perderse detrás del horizonte. Iba desapareciendo lentamente segundo a segundo hasta que se ocultó totalmente. El cielo estuvo teñido del brillante naranja todavía unos minutos más. Las nubes fueron recuperando poco a poco su color gris plomizo. El atardecer era hermoso y nostálgico. Los últimos momentos del día fueron quedando atrás mientras se acercaban imperturbables las primeras sombras de la noche.

******

La oscuridad se cerró completamente alrededor de ellos. En el cielo pequeños puntos brillantes titilaban armónicamente. Tito y Pedro, que se preparaban para remar cuando se ponchó la cámara, asumieron sus puestos después de comerse la ración de galletas con carne rusa. Quedaban suficientes latas de carne y bastantes galletas. La comida no les preocupaba. Sin embargo, el agua ya la habían racionado previendo futura escasez. Sólo podían tomarla después de cada comida y cuando terminaban los turnos de remo. Pedro se entretuvo en calcular en voz alta la cantidad que les correspondía por persona.

—Nos quedan los dos botellones con diez litros cada uno —hablaba sin parar de remar—. Son veinte litros. Entre cuatro da a cinco por persona. Hoy es el segundo día, así que como mínimo debemos estar remando cuatro días más —calculaba fríamente, como si aquellas cifras no representaran nada significativo para ellos—. Tenemos que tratar de gastar menos de un litro diario por persona para tener una reservita por si acaso —continuó detallando el cálculo—. Un litro son casi cinco vasos, así que tenemos que tratar de tomar medio vaso después de las comidas y un poquito después de cada turno de remo...

—¡Se ve que eres economista! —desde la sombra el Rubio lo interrumpió. Le disgustaba oír aquellas premoniciones.

—Es mejor saber a qué atenerse —dijo René, apoyando a Pedro.

—¡Si ya lo sabemos, para qué estar machacando lo mismo! — no le gustó la intromisión de René.

—¡Tú eres el primero que quieres estar toma agua y toma agua! —Tito se la tenía guardada al Rubio y aprovechó el momento para desquitarse de sus burlas— ¡A ti es al primero que hay que cortarle el agua! —terminó bromeando.

—¡A ti es al que hay que cortársela! ¡Por tu culpa perdimos diez litros! —el Rubio comenzó la chanza—. ¡A ti es al que menos agua le toca!

—¡Váyase a la mierda! —Tito no tenía sentido del humor. Se volvió a sentir tocado. Desde la oscuridad el Rubio le respondió con una sonora carcajada. Su sentido de la burla era inagotable.

—Te toca un vaso diario, así que aguanta la sed.

Tito no le respondió. Siguió remando, tratando de ignorar las burlas que siguieron durante largo rato. Le había dado pie para que comenzara y ahora no sabía detenerlo. El Rubio desde su cámara se divertía a expensas de él.

—Rema más fuerte, que te voy a disminuir la ración...

Tito remaba en silencio. Se escuchaba su respiración agitada. Su sombra se movía pausadamente.

—Estás echando con la cara. Después no me digas que te duele la cabeza.

—¡Cállate la boca un rato, anda! —Tito no aguantó más— ¡Ya aburres con la misma estupidez!

—Lo que tienes es que remar como si fueras un hombrecito. Tienes un tumbaíto...—el Rubio seguía inmutable mortificando al otro.

—¡Cállese la boca un rato compadre! —René se metió.

—¡No te metas, que no es contigo! —le respondió el Rubio secamente.

—No es conmigo pero llevas media hora con la misma comemierdería —René demudó la cara. Sus ojillos negros brillaron en la oscuridad.

—¡Comemierderías son las tuyas! ¡Qué te pasa! —el Rubio boconeó al estilo carcelario.

—¡Lo que tú quieras! —el de la barba se arrodilló. Su cara se endureció al instante.

—¿Se van a fajar, par de comemierdas? —Pedro se arrodilló— ¡Está bueno eso! —una sonrisa de burla le paseó por el rostro— ¡Lo que faltaba!

René y el Rubio se midieron con la vista. La cólera contenida escapaba por sus ojos. Sintieron que algo desde aquel momento los separaba.

—¿Qué pasa, señores? —Tito se sintió culpable y trató de intermediar— ¡Esta si es mala! Así no llegamos a ningún lugar...

—¡Le ronca! —Pedro masculló las palabras.

—No hay lío —el Rubio se inclinó, metió la mano en el mar y se la pasó mojada por la cara.

René se recostó en silencio al borde de la cámara y se puso a mirar al cielo completamente oscuro.

Un manto negro cubría la enorme extensión que alrededor de ellos se abría. El cielo después de la lluvia de la tarde se había despejado. Ahora mostraba un rutilante mundo de estrellas que como gotas de rocío brillaban serenamente. El viento apenas se sentía y el mar sonaba acariciando los bordes de lona de la balsa. Estuvieron en silencio largo rato. Pedro y Tito continuaban remando pausadamente. Una molesta atmósfera reinaba a bordo. Algo en el grupo se había roto y Pedro sintió que era irreparable. Trató de apartar a cada cual de sus pensamientos. Miró la hora.

—Ocho y media. A esta hora mi mujer, si no me está pegando los tarros, debe estar preparando la comida —dijo buscando un tema de conversación—. Tengo unas ganas del carajo de comer caliente. Ahora me comería un plato de frijoles negros con arroz blanco, un bistec con papitas fritas y un par de cervecitas. Después una tacita de café y un cigarrito, ¿eh?

No obtuvo respuesta. Los otros seguían inmutables, cada uno metido dentro de sí, desconectados del mundo exterior.

El Rubio observaba con los prismáticos hacia el cielo. Recorría el espacio deteniéndose unos segundos en alguna estrella o nube que llamara su atención. Luego bajaba hacia el mar el instrumento recorriendo todo a la redonda. Al no encontrar nada interesante volvía a dirigirlo al cielo y se quedaba atontado, queriendo atrapar de un vistazo los infinitos puntitos brillantes que titilaban muy lejos. Así estuvo buen rato.

—Bueno, ¡arriba, que les toca! —Pedro se dirigió a los que descansaban—. Hasta dentro de dos horas —le pasó el remo al Rubio— ¡Toma y préstame los anteojos!

La nueva pareja comenzó a remar. Cada uno trataba de hacerlo con más fuerza que el otro. No se miraban. La balsa daba bandazos. Primero a un lado, después al otro. Avanzaban con dificultad, zigzagueando. Pedro se sentó sobre el fondo de su cámara. El dolor del pie se le había aliviado bastante aunque todavía no lo podía apoyar. La hinchazón estaba cediendo, pero la zona del tobillo la tenía muy caliente. Le dolían los brazos y la espalda y le ardía la piel. Recostó la cabeza al borde de la cámara y comenzó a mirar las estrellas. Se entretuvo. La Osa Mayor resplandecía intensamente. Cuando se cansó de la posición, se sentó nuevamente y oteó el horizonte. Por el Oeste dos puntitos lumínicos casi invisibles atrajeron su atención. Primero pensó que era el reflejo de la luz sobre el cristal de los prismáticos. Los pequeños puntos estaban muy difusos. Luego, cuando aguzó la vista, descubrió otros más abajo que los anteriores. Concentró su atención en esa dirección. Sus compañeros no se percataron de la situación. René y el Rubio remaban a espaldas de él y Tito se encontraba tirado sobre el fondo de la primera cámara. Estuvo largo rato viendo como las luces aparecían y desaparecían.

No puede ser tierra. Tiene que ser algún barco. Si es tierra, quiere decir que extraviamos el rumbo y estamos nuevamente frente a las costas de Cuba. Tiene que ser un barco.

No tenía punto de referencia para determinar si se movía o estaba estático. Le entraron dudas. Comprobó con la brújula el rumbo que llevaban. No era tierra. Era algún barco, pero parecía que estaba parado. Continuó mirando. Los pequeños puntos lumínicos ya no desaparecían. Estaban ahí. Recorría el horizonte en derredor y nuevamente tropezaba con ellos. Se mantuvo en silencio observando.

"...tiene que ser un barco...llevamos bien el rumbo...debemos estar como a cincuenta kilómetros de la costa...todavía estamos bastante cerca...a lo mejor es cubano...o puede ser ruso y devolvernos...no sé....creo que es mejor alejarse más antes de hacerle señales a ningún barco...hay que ver cómo piensan esta gente..."

La pareja seguía remando, pero ahora más pausadamente. La sombra de Tito se incorporó.

—¡Préstame un rato! —extendió la mano. Pedro le entregó el instrumento a René y éste se lo pasó a Tito que comenzó a otear el horizonte. Fue barriendo con la vista la oscuridad de la noche. Giró lentamente de Este a Oeste. De pronto se detuvo y aguzó la vista. Pedro lo observó inmóvil. Durante unos segundos estuvo mirando en dirección a las lucesitas que a simple vista todavía no se distinguían.

—¡Parece que allí hay unas luces! —dijo sin separarse los prismáticos de la cara.

—¿Dónde? —los que remaban miraron rápidamente.

—Yo no veo nada. Préstame los anteojos —el Rubio estiró la mano.

—¿Será la costa? —preguntó René.

—Es un barco —aseguró Pedro.

—Sí, parece un barco —murmuró el más alto con el instrumento sobre la cara.

—¡Préstame! —el de la barba lo tocó por el hombro. Este le dio los prismáticos sin mirarlo—. Sí, es un barco

—dijo en voz muy baja—. Hace falta ver qué rumbo lleva...

—No sabemos de dónde es— el Rubio creyó sentir esperanza en la voz de René y le respondió indirectamente.

—Vamos a esperar un poco a ver si podemos darnos cuenta para dónde va —propuso Tito—. A lo mejor va para el Norte y nos recoge.

No tomaron en cuenta la alusión. Cada cual trató de definir su posición rápidamente, pero ninguno la expuso en ese momento.

—Sigan mirando ustedes que nosotros seguimos remando —Pedro tomó el remo y esperó por su pareja. Tito estuvo un rato más con los prismáticos sobre el rostro. No le gustaba que tomaran las decisiones por él. A los pocos segundos se sentó y comenzó a remar. El Rubio y René continuaron observando las luces. No hablaban entre ellos. Las luces ya se divisaban a simple vista, pero no se podía definir la dirección que llevaban. Los puntitos de luz parecían estáticos sobre el horizonte.

La balsa flotaba apaciblemente sobre el quieto mar. Pequeñas olas rompían la monotonía del movimiento haciendo subir o bajar más rápidamente la embarcación. La enorme mancha oscura del mar se extendía alrededor de ellos con aquellos puntos luminosos como única referencia. Las nubes blancuzcas descansaban sobre el horizonte por el Este. Hacia el Norte el cielo despejado estaba salpicado por infinitos puntos resplandecientes. Al cumplir su tiempo, Tito y Pedro olvidaron la fatiga y el sueño y continuaron la observación. El Rubio y René comenzaron a palear. Tito iba en la cámara que hacía de proa y Pedro en la trasera. Los que remaban continuamente miraban las luces que a lo lejos seguían titilando. Pedro comprobó el rumbo y miró la hora.

—Once y veinte.

Habían pasado varias horas desde que divisaron por primera vez los diminutos puntos lumínicos entre la penumbra de la noche. Ahora las luces se veían claramente recortadas contra el oscuro fondo de la noche. Todo parecía indicar que el barco había estado parado y ahora comenzaba a avanzar. Pedro, recostado en su cámara, meditaba.

"...si fuera hacia el Norte, las luces en vez de agrandarse disminuirían de tamaño...deben llevar más velocidad que nosotros...puede ser un barco cubano o ruso que vaya para Cuba...o de otro país que vaya en esa dirección...tenemos cincuenta por ciento de que sea cubano o ruso y cincuenta de que no lo sea...es mejor no hacerle señales...si estuviéramos seguros que no es cubano o ruso, valdría la pena...pero si es, nos embarcamos...las luces casi no se mueven..."

El Rubio remaba a la derecha de René. En un momento en que los otros estaban entretenidos mirando hacia los puntos de luz, se inclinó hacia la cámara de Tito y cogió el nylon con las bengalas. Lo depositó junto a él y continuó remando.

René observaba las luces. Iban aumentando de tamaño a medida que se acercaban. Se dirigían al Sur. Sus pensamientos lo llevaron hasta el barco y sintió latir la vida de otros hombres allí, tan cerca de ellos.

"...puede ser cubano...pero si es de otro país le avisa a los guardacostas americanos para que nos vengan a recoger...hasta ahora las cosas han salido bien...lo que nos queda por delante es mucho...sabe Dios lo que nos espera...si nos coge un mal tiempo, no hacemos el cuento...esta gente no sabe lo que es una marejada...no la vamos a resistir...tenemos tantas posibilidades de que sea cubano como de que no lo sea...si fuera de día...es mejor hacerle señales...las bengalas..."

Dejó de remar y se inclinó hacia la cámara de Tito. Palpó el fondo en busca del nylon con las bengalas. El Rubio lo observó.

—¿Qué buscas?

—¿Dónde están? —le preguntó con autoridad a Tito.

—Estaban aquí...

—¿Para qué las quieres? —el Rubio acercó más el nylon hacia él.

Pedro comprendió de inmediato la situación. Vio avecinarse la crisis.

René no respondió. Se arrodilló sobre el fondo de la cámara y extendió la mano mirando fijamente al Rubio.

—Voy a hacerle señales al barco. ¡Dámelas!

Pedro y Tito se arrodillaron también. El primero extendió la mano hacia el Rubio.

—¡Dame el nylon! —su voz sonó autoritaria desde la oscuridad.

René estaba con las rodillas abiertas sentado sobre sus talones. Su maciza figura se veía amenazadora. Extendió nuevamente la mano hacia el Rubio.

—¡Dámelas! —la voz le salió desde muy adentro.

—¡No! —el Rubio se inclinó instintivamente hacia atrás. Recostó la espalda a la goma negra y elevó las rodillas dispuesto a repeler a René. Se percató de que se le iba a abalanzar.

—¡Dame acá! —René hizo una mueca y se abalanzó contra el Rubio—. ¡Dame acá, cojones!

El Rubio elevó los pies y lo golpeó con fuerza en el pecho. René cayó hacia atrás chocando violentamente contra el borde de goma. La balsa se estremeció. Tito y Pedro se agarraron como pudieron. La oscuridad era completa. Pedro vio en cámara lenta como la oscura figura de René se empezaba a incorporar. Sintió el comienzo de la tragedia. Ya estaba arrodillado dispuesto a abalanzarse nuevamente sobre el Rubio. Este ágilmente se incorporó y cogió el nylon con las bengalas. Extendió el brazo sacándolo hacia el mar.

—¡Si te acercas lo tiro! —con la mano derecha sostenía el nylon sobre el agua y con la izquierda extendida le indicaba a René que no avanzara—. ¡Lo tiro!

René se detuvo. El Rubio se le quería imponer a la fuerza. Deseaba tirarlo al agua. Ya era bastante. Una furia irracional lo cegaba, pero el brazo con el nylon colgando hacia el mar lo detenía. Vaciló unos segundos. Se quedó mirando fijamente al nylon. Buscaba una salida. El Rubio se percató de que nuevamente se le tiraría.

—¡Coge el botellón con el agua! —Pedro le gritó a Tito. Se abalanzó hacia donde estaban amarrados los recipientes plásticos.

René y el Rubio no comprendieron de inmediato. El movimiento brusco los distrajo unos segundos. Pedro alcanzó el recipiente y lo destapó. Los otros estaban estáticos en sus posiciones.

—¡Pon las bengalas en mi cámara! ¡René, siéntate! —inclinó el botellón dejando caer un poco de agua— ¡Nos jodemos todos!

Tito comprendió. Destapó el otro recipiente y lo sostuvo en sus manos.

—¡Dale, cojones! —botó otro poco de agua.

No se movieron. Vieron nuevamente el agua brillante caer sobre el mar. El Rubio tiró las bengalas a la cámara de Pedro, pero no se sentó. René permanecía inmóvil.

—¡Siéntate! —Pedro botó otro poco de agua.

Se sentaron en silencio. Tito se arrodilló y puso el botellón sobre el fondo de su cámara. El barco continuaba acercándose. Ya se divisaba su silueta negra recortada contra la noche. Avanzaba velozmente. Las luces de la arboladura se distinguieron con claridad. El punto rojo que indicaba la altura del mástil central refulgía incesantemente. La balsa cabeceaba sin dirección dejándose arrastrar por la corriente. Pedro cogió un remo. El silencio era total. De pronto golpeó fuertemente el borde de su cámara. El sonido del aire comprimido al ser golpeado vibró en el ambiente. Nadie se movió. Pedro volvió a golpear la cámara, esta vez con el puño.

—¡Me cago en mi madre! —se viró hacia René y el Rubio— ¡Yo nunca me hubiera imaginado esto! —comenzó a remar con furia, desahogando sus sentimientos de reproche. Las palabras no le salían.

Tito se sentó a su lado y lo acompañó en silencio. René y el Rubio, recostados a sus cámaras, evitaban encontrar sus miradas. Pedro tocó a su pareja indicándole que dejara de remar. Giró y se puso de frente a los otros dos.

—Cualquier cosa que se vaya a hacer... —trató de llegar a un acuerdo pero las palabras se negaban a salir. Sin poderse contener se viró hacia René— ¿Quién coño eres tú para decidir por todos?

—Ustedes no saben lo que es el mar —protestó el gordo—. Estamos locos...

—Aquí estamos cuatro y entre los cuatro tenemos que decidir —le reprochó Tito.

El había dado la idea de pedirle a René que fuera con ellos. Pero ahora no comprendía la actitud del gordo. Le sorprendía que aquella atmósfera de unión que experimentaron cuando estaban haciendo los preparativos ahora se rompiera. Recordó el primer día que se reunieron los tres para planificar la salida.

******

El domingo primero de julio a las dos y diez minutos de la tarde llegó Tito a casa del Rubio. Treinta y cinco minutos después, Pedro tocó a la puerta y entró con una carpeta carmelita debajo del brazo. La tiró encima de la mesita de cristal y se sentó. Tito y el Rubio lo miraron.

—Aquí traigo —tomó la carpeta y comenzó a hurgar entre los papeles hasta que encontró el que buscaba— lo que yo creo que debemos hacer. Vamos a verlo entre los tres para ver qué ustedes creen —le tendió los papeles a los amigos. Cuando el Rubio terminaba con uno, se lo pasaba a Tito. En ese intervalo Pedro vigilaba atentamente las expresiones de sus compañeros. Acabaron de leer.

—Alcánzame la lista de las cosas que hacen falta —el Rubio le dijo a Tito, quien le extendió una hoja de papel—. Me parece que faltan algunas cosas —aseguró y empezó a leer la lista en voz alta— cuatro cámaras de camión, lonas para cubrirlas, cuatro chalecos salvavidas, dos brújulas, una linterna waterproof, cuatro envases de diez litros para el agua, seis remos, cuatro cuchillos, cuatro impermeables, sogas para amarrar las cámaras, un par de muñequeras para cada uno, dos bolsos de malla para meter la comida y un par de prismáticos —terminó de leer. Se quedó unos segundos observando el listado y volvió a hablar—. También harían falta sombreros —se detuvo y continuó pensando en alta voz—. Grasa gruesa para protegernos del sol y un par de relojes waterproof —le devolvió el papel a Pedro. Este incluyó los objetos mencionados y le tendió la hoja a Tito.

—Mira a ver que tú crees.

Tito tomó la hoja, la leyó por unos segundos y se quedó pensativo mirando hacia el techo.

—Hay que conseguir algunas bengalas rojas —volvió a leer lo escrito y apuntó—. También hacen falta tres o cuatro cinturones de seguridad para amarrarse a la balsa y dos cámaras de repuesto, por si acaso —le devolvió la hoja a Pedro. Este apuntó lo que había dicho Tito.

—¿No falta nada?

—El alquitrán. Dicen que espanta los tiburones —recordó Tito.

Pedro estuvo varios minutos observando el listado y después continuó.

—Cualquier cosa que falte, nos daremos cuenta cuando estemos en el agua —el mismo se rió de su gracia—. Ahora, ¿cómo conseguir todo esto? —miró a sus amigos y con la alegría del mago que consigue sacar el conejo de la chistera extrajo otra hoja de papel—. Aquí traigo una propuesta— comenzó a leer despacio—. El Rubio debe encargarse de comprar las brújulas...

—Espérate, que eso no es tan fácil —lo interrumpió el Rubio— ¿De dónde la saco? Es mejor que nos sentemos y tratemos de ver lo que a cada cual le es más fácil conseguir. Y es mejor que sepamos de una vez con cuánto dinero contamos...

—Creo que es mejor —afirmó Tito.

—Está bien —convino Pedro, estrujando la última hoja de papel que había sacado. Esta vez recordó al alumno que emborrona cuartillas sin saber la respuesta del examen.

—Yo en la mano tengo doscientos pesos más un cuero que compré que se puede vender rápido en trescientos. Son quinientos.

—Yo lo más que podría conseguir son doscientos pesos. Más no tengo —se excusó Pedro.

—Yo tengo cien dólares que me mandó el viejo —afirmó Tito— Sacando la cuenta, serían quinientos más doscientos, setecientos pesos, más cien dólares. Con setecientos pesos y cien dólares podemos hacer algo —concluyó.

—Hay cosas que ni con dinero se consiguen. Hay que robárselas. No queda otro remedio —apuntó el Rubio.

—Vamos a ver lo que podemos conseguir comprándolo —propuso Pedro—. Por lo menos los relojes se pueden comprar con dólares. Deben valer cerca de cincuenta dólares. Los otros cincuenta dólares los podríamos dejar para comprar la comida y alguna que otra bobería. ¿Qué tú crees? —le preguntó a Tito, quien asintió con la cabeza.

—Entonces apartamos los relojes y la comida. Quedarían setecientos pesos —intervino el Rubio—. Hay que garantizar las brújulas. Se pueden conseguir con los reclutas o los guardias que se las roban de las unidades militares...

—Yo puedo resolver eso. Conozco a un tipo que las vende a cien pesos. Yo creo que las puedo resolver —ofreció Tito.

—Bueno, las cámaras, la lona, las sogas y los remos ...

—Los remos hay que robárselos. No los venden en ningún lugar —interrumpió Tito.

—Bueno, ¿de dónde sacamos las cámaras, la lona y las sogas? —interrogó Pedro—. Habría que ponerse en contacto con algún camionero. Yo no conozco a ninguno de confianza...

—¡Yo sí! —exclamó Tito—. A lo mejor nos conviene. Yo tengo un socio fuerte, de confianza, que maneja un camión de esos que son cerrados. El tipo es del barrio —se dirigió al Rubio—. A lo mejor tú lo conoces. Se llama René. Yo le he oído decir que cuando tenga un filo se va del país. Yo respondo por él. Podríamos tantear a ver si le interesa tirarse con nosotros —miraba a los otros buscando su aprobación—. El tipo es hombre a todo. Si lo embullamos, con él podríamos resolver las cámaras, las sogas y la lona. Además, para esto también hace falta tener un buen transporte. ¿Cómo no se me ocurrió antes? —se golpeó la frente con la palma de la mano—. ¡Seguro que se tira con nosotros!

Los otros no respondieron. Valoraban la idea, que parecía ser buena. Completarían el grupo y podrían contar con algún dinero extra y con transporte.

—Hay que pensarlo bien —terció Pedro—. La idea no es mala y creo que nos conviene. Pero hay que estar muy seguros del tipo.

—Con él no hay tema. Además el tipo está tronco —Tito dobló los brazos con los puños frente al pecho.

—Creo que se puede ver —consideró el Rubio—. Supongamos que contamos con él y que resuelve las cámaras, la lona y las sogas. ¿Qué otra cosa faltaría?

—Las bengalas....

—De las bengalas me encargo yo —se brindó el Rubio—. Puedo conseguirlas en el barrio. Tú sabes que los guapos las tiran en las broncas y siempre tienen alguna. Eso sí, yo no sé cuánto cuestan.

—¡Lo que cuesten! —lo interrumpió Tito—. De todas formas hay que conseguirlas, pero tienen que ser rojas.

—Nos faltaría cuadrar —el Rubio cogió el listado— los chalecos salvavidas, la linterna...

—La linterna se puede comprar en la Diplotienda —apuntó Tito—. Debe costar una basura, y los chalecos salvavidas nos los robamos de la lanchita de Regla. Así fue como los consiguió mi hermano.

—Faltarían los envases para el agua —el Rubio seguía con la lista entre sus manos.

—En la tienda están vendiendo unos bidones plásticos que están buenos para el agua —intervino Tito—. Yo mañana salgo y los compro antes que se acaben.

El Rubio acabó de leer la lista y puso la hoja de papel encima de la mesita.

—Yo voy a tratar de conseguir los prismáticos.

—Entonces lo que quedaría por cuadrar son las cosas que no se pueden conseguir con dinero —dijo Pedro.

—Lo que ahora tenemos que acabar de decidir es lo de René. ¿Se lo decimos o no? —interrumpió Tito.

—Yo creo que se puede tantear —afirmó el Rubio.

—Yo también —convino Pedro— ¿Ustedes no pueden ir y tantear el terreno? —se dirigió al Rubio—. Miren a ver, pero con cuidado. No se vayan a quemar...

—No, nosotros manejamos la situación —aseguró Tito.

—Bueno... —Pedro abrió las manos y las dejó caer sobre la mesa—. Mañana empiezo a ir a la biblioteca a averiguar todo lo que pueda de las corrientes marinas y todo eso. Tengo quince días de vacaciones, pero no los pienso pedir hasta el día trece. En estos dieciséis días tenemos que tratar de resolver todo lo que necesitamos para poder dedicarnos a partir del sábado catorce de julio a la preparación física. Nadar mucho, hacer ejercicios y correr bastante por la playa para coger resistencia y coger mucho sol para curtirnos la piel —siguió exponiendo sus ideas—. Tenemos que buscar el lugar bueno para tirarnos y chequearlo bien. Ver los movimientos por los alrededores y tratar de cazarle la pelea a los guardafronteras y a las guardacostas. Si pudiéramos tenerlo todo listo para lanzarnos el veinticinco de julio, sería lo perfecto. Ese día es de fiesta y hay más movimiento en la calle. Seguro que los guardafronteras y la policía también se meten su traguito, así que la vigilancia debe disminuir .

—Me parece que es un buen día —aceptó Tito.

—Ese día todo el mundo está puesto para los carnavales —dijo el Rubio, reforzando los argumentos de Pedro—. Me parece un buen día, del veinticinco para el veintiséis.

—Otra cosa... Tenemos que tratar de no llamar la atención y no comentar nada con nadie, excepto con el socio de Tito para ver si se embulla— Pedro continuó explicando el plan—. Ahora vamos a tratar de conseguir lo que podamos comprar. Después vemos lo otro. Creo que el lugar más adecuado para vernos es aquí —dijo y miró al Rubio buscando su consentimiento. Este aceptó con un movimiento de cabeza—. Hay que evitar cualquier problema. Lo único que nos importa ahora es cuadrarlo todo bien para no escacharnos.

Capítulo Cuatro

El mar desde el alba fue cobrando vida. Durante las primeras horas de la mañana las olas ganaron altura. Sobre la superficie cristalina brillaban alegremente los rayos de un sol que desde temprano comenzaba a calentar. Una sensación agradable rompía la monotonía del movimiento habitual.

Poco a poco el viento cambió hasta situarse totalmente frente a ellos soplando hacia el Sur. Hasta ese momento habían gozado del favor del ligero vientecillo empujándolos hacia el Norte. Ahora se percataron del cambio al ver aumentar la resistencia de la embarcación que cabeceaba constantemente contra las pequeñas olas que venían a su encuentro. La balsa, por primera vez en tres días, se resistía al empuje de los remos y constantemente giraba perdiendo la dirección.

Los cuatro se esforzaban. Cada uno desde su cámara empuñaba un remo y luchaba para mantener el rumbo. Al avanzar el día, el sol fue incrementando el calor hasta llegar a su punto más alto. Al rayar el mediodía, estaban agotados y la angustia de un cambio de tiempo los atemorizaba.

—Se está poniendo feo esto —el Rubio estaba sudoroso. Sus pómulos quemados brillaban. Continuamente elevaba la vista hacia el horizonte.

A lo lejos fueron acomodándose oscuros nubarrones. Primero los lomos grises de las olas se recortaron contra el azul del cielo como una sombra amenazadora que lentamente se avecinaba. El contraste del gris oscuro de las nubes contra el color pálido del cielo hacía más hostil el paisaje en aquella dirección. Pequeñas manchas blancas moteaban el mar. El viento seguía ganando en velocidad, pero a pesar de todo, el sol calentaba insoportablemente.

—Ojalá sea un aguacero como el de ayer —la esperanza matizó la voz de Tito.

—Se está poniendo feo el cielo por allá —Pedro, recostado sobre el borde de la cámara, observaba como las nubes avanzaban.

El Rubio oteaba el horizonte. Arrodillado, con los prismáticos sobre el rostro y el pelo revuelto, ofrecía la imagen clásica del náufrago. Las manchas blancas de las crestas de las olas se iban incrementando. El sol fue desapareciendo entre las nubes a medida que el día avanzaba. El viento cambió varias veces de dirección, pero los nubarrones se acercaban imperturbables hacia el Sur. En poco menos de dos horas el cielo quedó cubierto totalmente de nubes oscuras. La tarde estaba en su tercio final.

—Vamos a prepararnos para lo peor —René se arrodilló en el fondo de su cámara y desamarró el grueso cinturón de lona que traía atado a ella—. Es mejor amarrarse a las cámaras.

Los otros hicieron lo mismo y quedaron atados a la balsa con pedazos de soga que iban desde el cinturón hasta las gomas negras.

—¡Hay que amarrarlo todo a la balsa! —aconsejó nuevamente René.

—Ya no quedan sogas —dijo Tito mientras registraba el bolso—. Aquí lo único que queda es este pedacito.

—Refuerza aunque sea uno de los botellones de agua, por si acaso —le dijo el Rubio—. Amarra el que está lleno.

Tito sacó el botellón y le pasó la soga por el asa. Lo ató con varios nudos y lo devolvió al agua.

—Este por lo menos no se zafa.

El Rubio y Pedro registraron sus bolsos, pero en vano. Las sogas que traían fueron utilizadas para cambiar la cámara ponchada. No sabían qué hacer. Lo que hasta hace pocas horas era una temida posibilidad se estaba convirtiendo en una terrible realidad.

A su alrededor el paisaje cambiaba constantemente. Cuando la balsa trepaba una ola, el plomizo color del cielo se abría ante ellos amenazador. De inmediato descendían velozmente para enterrarse en un oscuro abismo azul hasta que ascendían al lomo de una nueva ola. La embarcación cabeceaba trabajosamente, pero salía airosa a la superficie. El viento iba aumentando paulatinamente mientras avanzaba la tarde. En la lejanía comenzaron a brillar los relámpagos.

—Esto va en serio —René señaló hacia el horizonte.

—¿Cuánto tiempo tú crees que dure esto? —le preguntó Tito.

—¡Sabe Dios! —se encogió de hombros sin soltarse de los amarres—. Lo mismo un par de horas que toda la noche.

—Si escapamos de ésta... —Pedro estaba encogido con la cabeza casi incrustada entre los hombros. Sus manos se aferraban a los cabos de soga de la cámara.

—No se suelten —René era el único que estaba realmente consciente de lo que se avecinaba.

La improvisada embarcación seguía subiendo y

bajando entre las olas que pasaban bajo ella presionando en cada hendidura. Los remos estaban sujetos entre el borde inferior de cada cámara y la lona que servía de fondo. Los de repuesto seguían atados por la parte exterior.

—Haría falta amarrar los remos. Ahí los vamos a perder —René presionó el suyo tratando de incrustarlo con más fuerza—. Se van a caer...

El Rubio no hablaba. Estaba tenso, agarrado con ambas manos a la lona de su cámara.

Los relámpagos zigzagueaban a lo lejos. El sonido de la descarga se escuchaba apagado entre el aullar del viento y el preocupante rugir de las olas a su alrededor.

Al comenzar a caer la tarde, ya el temporal estaba sobre ellos. Las crestas punteaban de blanco el azul grisáceo del mar. Las olas se abalanzaban descargando su fuerza contra la embarcación que cabeceaba trabajosamente escalando las montañas de agua que venían a su encuentro. Ya en el cielo no cabía una nube más y el olor a lluvia les comenzó a llegar claramente.

En el horizonte los rayos cortaban el cielo. El resplandor blanquecino iluminaba instantáneamente la tarde para luego deshacerse entre el ruido de la descarga y el continuo silbar del viento. Las primeras gotas de lluvia chocaron contra ellos con furia. En pocos segundos el aguacero cerraba la visibilidad a varios metros. Las gotas bajaban casi horizontalmente impulsadas por fuertes ráfagas de viento. Se estrellaban contra sus rostros golpeándolos con fuerza. Apenas podían abrir los ojos.

Se agarraron fuertemente de los amarres sintiendo bajo sus pies la furia de un mar violento. De pronto vieron avanzar una enorme masa de agua que sobresalía sobre los lomos de las otras olas. El viento hacía burbujear su blanca cresta lanzando salpicaduras de espuma en todas direcciones. Una ola majestuosa se abalanzó arrastrando a su paso espuma y mar. Frente a ellos un abismo negro se abrió. La balsa se precipitó hacia la profundidad.

—¡Agárrense!

La cresta se enrolló con un rugido ensordecedor. La enorme pared se desplomó. Una fuerza irresistible los golpeó arrastrando tras de sí todo lo que encontraba a su paso. El batacazo estremeció la balsa, haciéndola desaparecer bajo el espumoso mar durante unos segundos. Se aferraron a los amarres, sintiendo como el peso del agua los empujaba con violencia hacia abajo. El mar hervía furiosamente, arremolinando el agua y presionando sus cuerpos contra las cámaras. Durante varios segundos se debatieron por no ser arrojados fuera de la balsa. Cuando emergieron, el silbido del viento se volvió a escuchar. El agua del mar se mezclaba con la lluvia, chorreando entre sus ropas. Los rayos rasgaban el cielo iluminando con su mortecino resplandor la inmensidad de la noche. La lluvia arreció hasta convertirse en una cortina de agua que los envolvía asfixiantemente. La balsa brincaba de ola en ola. Se sumergía y volvía a salir a flote. Cada vez que una pared de agua se derrumbaba, pensaban que no volverían a salir a la superficie, pero a los pocos segundos ya estaban nuevamente en la cima de otra ola, viendo a su alrededor las plateadas crestas rodando indetenibles. Luego se despeñaban por un oscuro abismo líquido y quedaban apresados entre dos muros de agua, sintiendo a su alrededor el bullicio del oscuro mar tratando de tragárselos de una vez.

—¡No se suelten! —René estaba a gatas sobre el

fondo de la cámara. Su gruesa espalda encorvada parecía el carapacho de una vieja tortuga. Se sostenía del fondo de malla con una mano mientras con la otra se escurría el agua que le chorreaba por la cara y la barba. En su cintura llevaba atado el paquete de nylon con las bengalas.

Tito se encontraba tirado de espaldas sujeto a los amarres de las cámaras con los pies metidos en las hendiduras que quedaban entre el fondo y la goma. Una lastimosa expresión de miedo contraía su rostro. Apenas la balsa emergió entre la espuma se sentó y comenzó a toser desesperadamente.

—¿Tragaste agua? —le preguntó el Rubio a gritos a su lado. —¡Es mejor ponerse de espaldas! —su voz se confundía con el rugir del mar. Tito continuó tosiendo durante unos segundos.

Pedro comenzó a toser también. El rostro se le convulsionaba por la falta de aire. En el momento en que soltó una mano para escurrirse el agua que le impedía respirar, otra enorme ola golpeó el costado de la balsa lanzándola a varios metros de distancia. No pudo reaccionar y fue arrojado con fuerza hacia el mar. Trató de asirse de algo, pero sus manos se cerraron en el vacío. Cayó al agua perdiéndose de vista por unos segundos entre la espuma y la oscuridad. La balsa fue golpeada nuevamente y se sintió halado con violencia por la cintura. Un abismo negro se abrió frente a él y perdió de vista la sombra de la embarcación. Una nueva ola se desplomó haciendo bullir el mar con violencia y nuevamente se sintió arrastrado en la misma dirección. Logró agarrar la soga que lo mantenía unido a la cámara y comenzó a halarla hacia sí tratando de acercarse a la balsa. Fue zarandeado violentamente y no podía controlar sus movimientos. Distinguió a sus amigos debatiéndose contra el mar y un angustioso pensamiento se le clavó en la mente.

"No me pueden ayudar".

Nada podían hacer. Se agarraban a lo que podían. Soltar una mano equivalía a ser lanzado al agua. Vieron como Pedro aparecía y desaparecía entre la espuma batallando por no hundirse.

—¡Trata de acercarte! —le gritó René en un momento en que la embarcación ascendió una empinada cresta— ¡Aprovecha el impulso de la ola! —el viento y el rugido del mar ahogaron las voces.

—¡Cojones, no puedo! —gritó desde el agua, debatiéndose entre las olas y asido fuertemente a la soga que lo unía a la cámara. Cada vez que se acercaba un poco era repelido por otro brusco golpe. Se sentía halado hacia ella pero no podía acercarse. Aparecía y desaparecía bruscamente entre la espuma. Las fuerzas le empezaban a faltar.

—¡Se va a ahogar! —el grito del Rubio se perdió entre el aullar del viento y el rugir del mar— ¡Coño, se ahoga! —se soltó de los amarres y enredó su pierna derecha en el cabo de soga que lo mantenía unido a la cámara. Se inclinó fuera de la balsa tratando de apresar el trozo de soga del que se sostenía Pedro. Este forcejaba entre la espuma sin lograr acercarse. Todas sus energías se concentraban en tratar de mantenerse a flote cada vez que una ola se desplomaba sobre él. El Rubio, con la mitad del cuerpo fuera de la balsa, se estiró al máximo, tratando de asir la soga que permanecía tensa marcando la separación entre la vida y la muerte. Una nueva ola los golpeó por el costado, haciéndolos desaparecer entre el agua y la espuma que era lanzada en todas direcciones por la fuerza del viento. A los pocos segundos reaparecieron desorientados en medio de la oscuridad y el silbido del viento.

—¡Agarra al Rubio por las piernas! —René le gritó a Tito a la vez que se soltaba de sus amarres y se pasaba junto a él—¡Dale que yo te agarro a ti! —se le acostó encima presionándolo con el peso de su cuerpo contra el fondo de la cámara.

Tito soltó las sogas y se abrazó a las piernas del Rubio. René, acostado encima, impedía que fuera lanzado al agua por el golpe de una ola.

Pedro, desde el agua luchaba para mantenerse a flote. Vio la balsa cerca y oyó las voces de sus amigos entre el rugir del mar, pero una fuerza descomunal le impedía acercarse. Un nuevo golpe lo arrastró casi junto a ellos. Rozó con una mano el borde de una cámara pero no pudo sujetarse. Otra montaña de agua cayó, haciéndolo desaparecer de la turbulenta superficie. Se enredó con la soga que lo sujetaba y se sintió halado. Una nueva ola se estrelló contra él. Con el golpe se le escapó de entre las manos la soga y quedó otra vez a merced del mar, atado a la embarcación por la soga de casi cinco metros de longitud.

—"No puedo luchar contra las olas...tengo que dejarme llevar."

Una ola lo elevó hasta su cima. Desde allí vio la sombra de sus amigos a escasos tres metros. El Rubio trataba de agarrar la soga que como una hábil serpiente se enroscaba escapándosele de las manos.

—"¡Ahora!"

Pedro aprovechó el vacío y descendió vertiginosamente hacia el profundo abismo que se abría ante él. Otra pared de agua se desplomó arrastrándolo con fuerza en dirección a la balsa, pero ésta en ese

momento ascendió al lomo de la ola chorreando agua
y espuma.

El Rubio logró asir el pedazo de soga y comenzó a
recogerlo desesperadamente mientras veía como otra
enorme montaña se abalanzaba y caía con violencia
sobre ellos. Se agarró y esperó salir nuevamente a la
superficie sosteniendo el cabo de soga al que estaba
atado el amigo. Ya Pedro estaba a menos de un metro
y el Rubio comenzó a halarlo mientras el otro braceaba
desesperadamente con las pocas fuerzas que le quedaban.
Llegó y se agarró del borde. Otra ola los golpeó
arrastrándolos varios metros. Se mantuvo agarrado hasta
que emergieron entre la espuma.

—¡Sube ahora¡ —el Rubio lo haló por el pullóver y
Pedro cayó junto a él— ¡Agárrate bien, coño!

Quedaron echados en el fondo de la cámara. René
rápidamente ocupó su puesto. Se arrodilló en la misma
posición en la que estaba anteriormente con la espalda
encorvada, las manos agarrando firmemente las sogas
del fondo y la cabeza erguida, atento al continuo golpear
de las olas contra la endeble embarcación. Su voz se alzó
potente y desafinadamente entre el aullar del viento y el
mar.

"Si Adelita se fuera con otro

la seguiría por tierra y por mar"..."

La música no importaba. Lo importante era cantar.
Los otros escucharon la conocida letra alzándose como
un lamento entre las ráfagas del viento y sintieron que
algo muy fuerte los unía. Tito siguió a René.

"si por mar en un buque de guerra"...

El Rubio y René se miraron.

..."si por tierra en un tren militar"...

El continuo batir de las olas contra la embarcación y el violento rugir del mar apagaban las voces. La balsa era sacudida y golpeada, pero sus tripulantes continuaban como en una letanía repitiendo la misma estrofa de la canción.

"Si Adelita se fuera con otro

la seguiría por tierra y por mar

si por mar en un buque de guerra

si por tierra en un tren militar"

Pedro jadeaba echado en el fondo de la cámara. Le faltaba la respiración y fuertes temblores sacudían su cuerpo. Sentía los pulmones llenos de agua y apenas podía respirar. No había dejado de toser desde que subió a la balsa. Los otros cantaban a borbotones.

"... si por mar en un buque de guerra..."

Así estuvo largo rato. La lluvia fue aminorando lentamente, pero el viento continuaba soplando con fuerza y las olas se mantenían golpeando y sacudiendo incesantemente la embarcación. Desde el fondo de la cámara escuchó la letanía de sus amigos confundiéndose entre el aullar del viento y el seco bullicio del mar. Pensó que aquello no acabaría nunca e irían perdiendo fuerzas hasta que alguna ola los barriera de la superficie. Un miedo animal se apoderó de él y lo hizo aferrarse más fuertemente a las sogas. La balsa brincaba violentamente arrastrada por las enormes olas. El mar negro y espumoso era como una bestia salvaje que los odiaba y trataba de sacudirlos de su crispado lomo. Un grito de angustia escapó de su pecho. Se arrodilló y con ambas manos agarradas a los cabos del fondo se unió al coro.

"... la seguiría por tierra y por mar

si por mar en un buque de guerra..."

El viento danzaba frenéticamente desperdigando sus voces en la lejanía. La oscuridad de la noche cerraba el paisaje a escasos metros alrededor. Sólo de vez en vez las manchas blancas de las crestas de las olas se distinguían en la oscuridad. El mar rugía incontenible haciendo cambiar constantemente de dirección la embarcación, pero ahora aquello no importaba. Sólo era importante agarrarse fuertemente y esperar que pasara el temporal. Resistir sobre la balsa y esperar. Nada podían hacer. Ya la lluvia había cesado completamente y el viento soplaba en forma de ráfagas, aullando entre sus ropas. Silbaba. Las olas continuaban desplomándose sobre ellos y haciéndolos retroceder en contra de su voluntad.

******

Ya llevaban casi tres horas luchando contra la tempestad y ésta daba las primeras señales de retirada cuando el Rubio vio unas parpadeantes luces entre las sombras de la noche.

—¡Un barco! —chilló— ¡Allá!

—¡Las bengalas, René! —Tito se inclinó hacia René con el brazo extendido— ¡Dame una!

René se recostó contra la goma negra y comenzó a zafar apresuradamente el paquete de nylon que tenía amarrado a la cintura. Sus manos temblorosas no podían zafar el nudo.

—¡Pica el nylon! —le gritó Tito, pasándole la cuchilla.

La balsa subía y bajaba rápidamente apareciendo y desapareciendo entre las olas. Las luces se divisaban intermitentemente entre la oscuridad cada vez que la balsa ascendía el lomo de una ola.

—¡Toma! —René le pasó una bengala a Tito y se quedó con las otras dos esperando que la lanzara— ¡Dale, coño!

—¡Esta mierda no se enciende! ¡Está mojada¡ —la desesperación le hacía temblar la voz— ¡Prueba con esas!

—¡Apúrense, cojones! —Pedro miraba hacia las luces que parpadeaban recortadas contra el negro firmamento.

René sacó otra bengala del nylon y haló con fuerza el cordón del encendido. Un leve chisporroteo iluminó por fracciones de segundo sus manos que sostenían el tubo, para apagarse súbitamente sin lograr encender la pólvora del artefacto.

—¡Esta también está mojada! —gritó y la tiró con fuerza contra el agua. Sacó la última. Haló el cordón y esta vez el chisporroteo duró unas fracciones de segundo más hasta que el lumínico proyectil salió disparado hacia el cielo en dirección a las luces. Se elevó varios metros con una mortecina luz rojiza y súbitamente se apagó.

—¡Me cago en su madre! —masculló angustiado René mientras los otros se miraban incrédulos.

—¡Auxilio! ¡Auxilio! —comenzó a gritar desesperadamente Tito.

—¡Ehh! ¡Ehh! ¡Auxilio! —unieron sus voces y continuaron gritando durante varios minutos sin obtener ninguna señal de respuesta.

Las luces se iban perdiendo lentamente entre las sombras de la noche y sus voces se confundieron con el debilitado aullar del viento y el seco rugido del mar.

—¡Auxilio! ¡Ehh!!Auxilio!—Ya no serían escuchados, pero el miedo los hacía gritar cada vez con más fuerza hasta que la oscuridad se tragó definitivamente sus esperanzas.

La balsa cabeceaba entre las olas que fueron redondeando sus lomos lentamente. De vez en cuando una ola mayor que las demás golpeaba la embarcación, sacudiendo fuertemente a todos sus tripulantes. Estuvieron callados escuchando el continuo golpear de las olas contra la proa de goma y el silbido del viento que se iba apagando a medida que transcurría el tiempo. Las ropas empapadas y el fresco de la noche les hacía sentir frío. Las luces que ya hacía rato habían desaparecido seguían brillando en sus mentes como últimos destellos de esperanza.

Durante varias horas soportaron el batir de las olas. Ahora eran menores y venían con mayor regularidad. Cada cinco o seis pequeñas se formaba una mayor que inevitablemente se derrumbaba sobre ellos, manteniéndolos constantemente empapados y en estado de alerta esperando la siguiente. Sentían que lo peor había pasado, pero la visión de las luces en medio de la tormenta los había llenado de esperanzas. El hecho de no haber sido vistos por los del barco pesaba más en sus mentes que el haber logrado sobrevivir aquel temporal. Lejos de sentirse contentos por estar todavía a flote, la angustia de haber perdido la oportunidad los debilitaba espiritualmente.

—Estaban ahí mismo —Tito se lamentó. Su voz sonó hueca en medio de la noche— Nos hubieran podido recoger...

—Si nos hubieran visto... —el Rubio continuaba agarrado a los cabos del fondo. Su sombra se recortaba contra lo oscuro de la noche.

Sobre la balsa quedaban ellos, pero las olas habían arrastrado todos los sacos con sus pertenencias y los remos también se habían perdido. Pedro perdió sus zapatos y el Rubio, los prismáticos. Ahora tendrían que desarticular la estructura de la balsa para poder utilizar los remos de repuesto que estaban amarrados alrededor de la embarcación.

Durante la madrugada estuvieron echados cada uno en su cámara sin mostrar el menor interés por remar. Las olas habían disminuido considerablemente y el viento era sólo un murmullo a su alrededor. El cielo continuaba cubierto de claros nubarrones que se fueron deshaciendo a medida que avanzaba la madrugada.

—Ahora no sabemos ni donde estamos —dijo el Rubio consultando la brújula fosforescente.

—La otra brújula se perdió con mi bolso —les recordó Tito.

—Mira a ver si ésa funciona bien —propuso René.

—Tiene la aguja indicando al Norte— el Rubio se acercó el aparato a la cara y giró el torso hacia la derecha y la izquierda. La estrella interior del aparato giró en sentido contrario al movimiento del Rubio—. Parece que sí —concluyó.

—Déjame ver —René extendió el brazo—. Sí, está bien.

Pedro estaba callado. Parecía ajeno a lo que a su alrededor ocurría. Se mantenía fuertemente agarrado del fondo de soga de su cámara con la vista perdida en la oscuridad de la noche.

En ese momento un fuerte tirón sacudió la balsa. Los cuatro se percataron inmediatamente pero no podían comprender lo que había pasado.

—¿Qué fue eso?

—¿Habremos chocado con algún arrecife? —Pedro salió de su mutismo y se inclinó hacia el mar—. A lo mejor ...

—¡Qué arrecife, ni arrecife! Estamos en medio del mar —René rápidamente atajó la absurda idea—. Eso fue algún pez que chocó contra nosotros —aseguró.

— ¿Pero tan duro? —murmuró asombrado el Rubio.

—!Qué sé yo! —respondió René.

—Yo sentí que el tirón fue debajo —el Rubio trató de descifrar el enigma—. Si no fue un arrecife, tiene que haber sido algún pez.

—¡Coño pero tremendo halón! —dijo Tito dudando de la explicación.

—¿Qué otra cosa pudo haber sido? —la sencilla lógica de René puso fin al debate.

La madrugada se deslizó fría y lentamente mientras los tripulantes de la balsa trataban de descansar echados cada cual como podía en el fondo de su cámara. Las olas ahora eran pequeñas y uniformes. El cielo se fue despejando lentamente a medida que se acercaba el amanecer.

Pedro estaba tirado en el fondo de su cámara. En su mente todavía brillaban las luces de aquel barco. Tenía miedo y una vez mas dudó de si había tomado la decisión correcta. Se vio sentado en el Malecón, la noche antes de la partida, indeciso y asustado.

******

Inmersos en los preparativos, los días volaron y el veinticuatro de julio, víspera de la partida, Pedro deambulaba incesantemente sin encontrar la paz que tanto necesitaba.

Habían decidido descansar ese día y como estaba de vacaciones, durmió hasta cerca del mediodía con un sueño intranquilo y nervioso. Al despertarse, la casa estaba vacía. El silencio lo envolvía todo. Se quedó acostado largo rato. Todos los días anteriores él había estado la mayor parte del tiempo fuera de la casa y como era un hombre casero, se sentía extraño. Le faltaba valor para enfrentar a Raquel y decírselo todo. Ahora, en pocas horas llegaría el momento de contárselo y vacilaba ante la inminencia del encuentro. Le faltaba valor para abandonarlos, pero también le faltaba valor para quedarse así toda la vida, sin esperanzas, desperdiciando su juventud. Viendo correr los días en la miseria material y espiritual que lo envolvía todo y que minuto a minuto, aún a su pesar, comenzaba a dar los primeros pasos dentro de su propia casa.

Así pasó el resto del día. A las cinco de la tarde decidió dar una vuelta antes de que llegara Raquel. Salió y estuvo deambulando por la ciudad largo rato. El ambiente carnavalesco lejos de alegrarlo lo deprimió. El paseo del Malecón lucía sus mejores galas para festejar el carnaval. Los quioscos, ahora desiertos, se erguían contra la penumbra de la otrora bella avenida habanera. Continuó por el Malecón hasta llegar a el Prado. Allí se sentó de espaldas al viejo castillo, con los pies colgando del muro. Vio la ciudad frente a sí mal iluminada y sucia.

—Pobre Habana —pensó con la nostalgia anidándole en el pecho.

Estuvo allí mucho rato. Presa de profundas contradicciones. Había deseado tanto que llegara aquel momento y ahora tenía miedo. Porque era miedo e inseguridad aquello que sentía. Esto lo turbaba. Mientras esperaba y hacía los preparativos, pensaba que cuando llegara el momento de la partida saltaría de alegría. Pero ahora tenía miedo. Miedo de haberse metido en algo superior a sus fuerzas y posibilidades.

"Quizás Tito tenga razón...tal vez yo no sirva para esto... sería mejor tratar de conseguir algún viaje y quedarme por ahí en cualquier lugar...esto es una locura...¿Por qué me habré metido en esto?...no sé...quién sabe como pueda terminar toda esta mierda...es una pendejada mía dejar a Raquel y al niño solos cómo está la cosa...no sé...a estas alturas ¿echarme para atrás?...yo fui el que embullé a esta gente...tendría que inventarles algún cuento...a lo mejor hay otra forma que no sea tan peligrosa...tiene que haber otra salida...

CAPÍTULO CINCO

Durante la madrugada el mar comenzó a calmarse hasta quedar convertido en una inmensa llanura negra con suaves ondulaciones. La noche abrió su profunda oscuridad por el Oriente, dejando aparecer el débil resplandor de una pronta aurora. Las estrellas brillaban recortando contra el firmamento su diminuto encanto mientras la balsa flotaba a la deriva como una sombra en medio de la penumbra.

Por el Oeste quedaban salpicando el cielo los desechos de la tormenta. Pequeñas hilachas se desintegraban manchando el color azul con los tenues brochazos gris claro de las nubes. La increíble calma del cuarto amanecer los encontró acurrucados en su cámaras con las ropas mojadas y el ánimo abatido.

Los primeros rayos del sol naciente colorearon de un rosa pálido la quieta superficie del mar. La claridad del nuevo día avanzó entre la penumbra hasta que el brillante disco naranja emergió detrás del horizonte. La balsa avanzaba entre las pequeñas olas que la hacían subir y bajar rítmicamente. Sus tripulantes fueron dando señales de vida a medida que la claridad aumentaba.

Tito estaba echado con la cabeza recostada a la cámara. Se sentó y observó como sus compañeros se revolvían tratando de alargar unos minutos más el descanso. El Rubio se estiró colando los pies sobre el borde de la cámara de Tito.

—¡Qué frío por la noche! —se pasó las manos por los brazos desnudos.

—Yo tengo unos escalofríos del carajo —se quejó Tito.

Pedro y René seguían acurrucados. El sol comenzaba a calentarlos y era una sensación agradable sentir el tibio calor reconfortar sus cuerpos después de haber pasado la noche con las ropas mojadas. Pedro dejó escapar un profundo suspiro y se incorporó. Miró a sus amigos y se percató del lamentable estado en que se veían. El Rubio tenía la piel levantada en los pómulos y la nariz, dejando al descubierto pequeñas ampollas inflamadas por un transparente líquido que le chorreaba por las mejillas. El pelo enredado y pegajoso le caía sobre la frente.

—Tienes la cara del carajo —le dijo Pedro.

—Mira —se volvió de espaldas y estiró el cuello del pullóver, halándolo con cuidado hacia abajo.

Desde el nacimiento del pelo en la nuca hasta los hombros, la parte del cuello que no estaba protegida por el pullóver tenía peor aspecto que su cara. La piel lastimada por las quemaduras del sol se veía de un color rojizo oscuro y las ampollas chorreaban el líquido transparente con más abundancia que las del rostro.

—Tú también estás del carajo —se sonrió el Rubio.

—Me arde todo el cuerpo —Pedro encogió los hombros elevándolos y echando la cabeza hacia adelante. Su piel era más resistente, pero se notaba lastimada y rojiza. El sol y el salitre también le habían provocado quemaduras sobre los pómulos y la nariz.

Tito, con los brazos detrás de la nuca, los miraba sin decir una palabra. Su vista saltaba de la cara de Pedro a la del Rubio alternativamente. La barba de cuatro días sombreaba su rostro ofreciéndole un aspecto enfermizo. Los ojos oscuros estaban enrojecidos y sus gruesos labios agrietados por el salitre y el sol. Constantemente se pasaba la lengua sobre ellos, provocando mayor resequedad y molestia.

—Tengo tremendos escalofríos —dijo sin dirigirse a nadie.

—Eso es de la humedad —Pedro lo miró con los ojos entrecerrados—. Siéntate para que el sol te caliente.

—Vamos a comer algo —René se sentó, pasándose las manos por el rostro. Era el que menos afectado se veía por las quemaduras.

El Rubio se inclinó hacia donde estaban amarradas las mallas con las conservas.

—¡Mira esto! —sacó una de las mallas que había sido desgarrada por la mitad y los flecos colgaban chorreando agua.

—¡La rompieron los tiburones! —René estiró el brazo y el Rubio se la entregó— ¡Mira a ver la otra!

—¡Hijos de puta! —Pedro sacó la segunda malla del mar. En su interior brillaban seis latas de conservas.

—¡Ahora sí nos jodimos! —Tito miraba la malla en la mano de René.

—¡Los botellones! —exclamó el Rubio y metió la mano para sacar el recipiente con el agua potable— ¡Menos mal!

—Ese fue el tirón que sentimos anoche —René paseó la vista por los alrededores. El mar se veía calmo en toda su extensión—. Fue un tiburón —afirmó convencido.

—Seguro que lo atrajo el brillo de las latas —lo apoyó el Rubio.

—Vamos a zafar los remos y empezar a remar —René se inclinó y cortó la soga que ataba un remo desde su cámara a la del Rubio. Le pasó la cuchilla a Pedro y éste repitió la misma operación. Cuando terminó, le pasó la cuchilla a Tito.

—¡Corta la soga! —le indicó.

Tito se arrodilló y picó la soga que ataba el remo a su cámara y se volvió a sentar con el instrumento entre las manos. Su semblante denotaba un abatimiento total.

—¡Dale, compadre! Pásale la cuchilla al Rubio —Pedro lo agitó por el hombro— ¿Qué te pasa?

—Me siento mal —apoyó la cabeza sobre las manos— Tengo unos escalofríos del carajo —susurró, desviando la vista.

Pedro se inclinó hacia él y le puso la mano en la frente.

—¡Está volao en fiebre! —se viró hacia René y el Rubio, quienes lo observaban atentamente—. Insolación —hizo una mueca arqueando las cejas y ladeando la cabeza.

—Quédate ahí y trata de protegerte del sol —el Rubio gateó hacia Tito—. No te preocupes, mi hermano. Quédate ahí. —Le tocó suavemente la cara y la frente—. Nosotros seguimos remando —y se retiró hacia su puesto con una profunda arruga desencajándole el rostro.

—Vamos a tratar de ir remando una hora por pareja —René se acomodó con el remo en las manos— ¿Empezamos nosotros, Rubio?

—Vamos...

Después de haber picado las sogas que ataban los remos, la balsa se hizo más difícil de gobernar. Las cámaras prácticamente independizadas unas de otras tiraban hacia distintas direcciones acorde a la fuerza del que remaba. El fondo de lona colgaba debajo de ellos, haciendo alargar la sombra de la embarcación hacia la profundidad cual un deforme reptil.

—Mira a ver el rumbo —el Rubio se viró hacia Pedro.

—Norte todo el tiempo —el brazo de Pedro indicó la dirección.

El Rubio y René continuaron remando pausadamente. El sol comenzaba a levantar un vapor irresistible. Sus cuerpos eliminaban abundantemente las sales minerales. El sudor corría sobre sus frentes y rostros. El calor los agobiaba. Un vaho caliente se elevaba alrededor de ellos, haciéndolos detenerse a cada rato para recuperar la respiración. Sus pieles resecas de la cintura para arriba estaban salpicadas por diminutos y brillantes puntitos de sal que les provocaban un molesto escozor. De la cintura para abajo la permanente mojazón con agua salada les había provocado peladuras en los genitales y entre las nalgas. René apenas podía permanecer sentado por el ardor. A cada momento se arrodillaba y con una mano se separaba las nalgas tratando de evitar el roce. Continuaron remando desganadamente hasta que llegó la hora en que Pedro sustituyera a uno de los dos. El Rubio y René se miraron esperando cada cual que el otro se ofreciera para seguir.

—Deja —suspiró el Rubio y estiró su cuerpo hacia atrás—. De madre...

—Si tú quieres...

—Dale, dale. Descansa tú —cortó con desgano a René—. ¡Vamos!

Pedro comenzó a remar junto al Rubio. Desde su posición observaba a Tito que echado en su cámara trataba de dormir. Su rostro estaba contraído e intermitentes temblores recorrían su cuerpo. A cada rato se pasaba la lengua por los agrietados labios. Desde su frente rodaban gruesas gotas de sudor que bajaban por las sienes y el entrecejo hasta el cuello y la boca. El pelo negro le chorreaba pegado a la piel de la frente, sucio y pegajoso.

—Cogió una insolación —Pedro se volvió hacia el Rubio indicando con un gesto de la cabeza a Tito.

—¡Esa sí es mala! —asintió— Hay que darle más agua...

—¿Quieres un poquito de agua, Tito? —Pedro alzó la voz, pero no obtuvo respuesta.

—Parece que está dormido...déjalo ahora—le susurró el Rubio.

El sol desde lo alto lanzaba sus rayos lacerando sus pieles y calentando peligrosamente los bordes de las cámaras que quedaban sobre la superficie del agua. El mar seguía apacible elevando suavemente la balsa sobre las ondulaciones imperceptibles de las olas. Una calma plomiza los mantenía casi estáticos en un punto. Ni un pequeño soplo de brisa llegaba hasta ellos. Un angustioso silencio los envolvía haciéndolos sentirse irremediablemente solos. La inmensidad del azul infinito del cielo y el mar los agobiaba haciéndolos caer en un estado de sopor límite entre el sueño y la realidad. Remaban desganadamente, apenas rompiendo el pesado silencio con el tenue chapotear de los remos al ser introducidos en el agua. Eran movimientos mecánicos que repetían automáticamente mientras sus mentes se perdían en el vaho de la calurosa mañana.

Al cumplirse la hora René se incorporó y tocó al Rubio por el hombro. Se cambiaron de puestos y comenzaron a remar nuevamente. El Rubio se inclinó hacia Tito, que continuaba tirado en el fondo de la cámara con los ojos cerrados. Le puso la mano en la frente y se viró hacia los que remaban.

—Hay que darle un poco de agua. ¡Está hirviendo! Se arrodilló junto a él y le sacó el pullóver, colocándoselo sobre la cabeza.

—Toma, dale un poco de agua —Pedro le alcanzó el botellón plástico— ¡Mójale la cara!

—Tito ... Tito —le dijo, sacudiéndolo.

Tito no respondió. Entreabrió los ojos y vio desde muy lejos al Rubio, que le acercaba el botellón a la boca. Sintió la frescura del agua en sus labios. Tomó varios pequeños sorbos y su cabeza se fue hacia atrás chocando con la goma negra a sus espaldas. Un tibio vapor lo envolvió todo.

—"¡Coño, cómo hay grillos!"

—"¡Vamos a cazarlos!"

—"No abras la cisterna, que papi está en el portal."

—"¡Ayúdame, que no nos ve!"

—"¡Apúrate!"

—"¡Coño, cómo hay!"

—"¡Coge aquél grande! ¡Mira cómo nada!"

—"No alcanzo..."

—"¡Cuidado! ¡Rafa! ¡Rafa!"

—¡Tito! ¡Tito! —el Rubio lo sacudió nuevamente—. Está delirando.

—¡Mójale la frente! —se inclinaron junto a él.

Los labios agrietados y resecos se contraían y estiraban tratando de articular alguna palabra. Su frente empapada en sudor brillaba al reflejar los rayos del sol. Inclinaba la cabeza hacia ambos lados en un constante gesto de amargura. René se quitó el pullóver y se lo tiró encima cubriéndole la cabeza y los hombros. Luego se sentó en su cámara.

—¡Lo que nos faltaba! —su gruesa figura chorreaba sudor y grasa por todos los poros. Los vellos del pecho y los brazos se le pegaban a la brillante piel y entre los pelos de la barba pequeños puntitos de sal se confundían con las canas.

El sol fue escalando hasta situarse en medio del cielo. El vapor del mediodía los tenía sumidos en un insoportable vaho que ascendía desde sus cuerpos envolviéndolo todo. El suave chasquido de los remos era el único sonido perceptible en millas y millas a la redonda. La ondulada planicie azul se perdía en el infinito confundiendo su color con el suave vacío del cielo. La balsa avanzaba trabajosamente sobre la superficie incandescente del mar, creando a su alrededor enormes espirales que se alejaban de ellos hasta confundirse con las ondulaciones de las pequeñas olas que venían a su encuentro.

******

Las guardias de remo fueron sustituyéndose paulatinamente durante toda la tarde. Remaban en silencio, cumpliendo más con voluntad que con fuerza el sentido de aquella tarea. Las manos ampolladas por el continuo remar les dolían y apenas podían sostener el remo entre ellas. Los dedos arrugados y con color anormalmente blanco tenían una insoportable sensibilidad ante cualquier contacto. Estaban llegando al límite de su resistencia física. Sólo los mantenían el miedo y la angustia de que no le alcanzaran las fuerzas para vencer aquella prueba que cada uno se había impuesto por distintas razones.

Al comenzar a caer la tarde decidieron parar un rato para descansar, comer el pedazo de spam que les correspondía y tomar un buche de agua. El sol comenzaba a descender en su trayectoria y los rayos caían ahora oblicuos sobre ellos, alargando la sombra de la balsa sobre la quieta superficie del mar.

René estaba recostado con ambas manos sobre el borde de la cámara y con la mandíbula apoyada entre ellas. Miraba hacia la profundidad del mar con la vista vagando sobre los reflejos de los rayos del sol que danzaban entre las olas. Una enorme sombra se deslizó debajo de la balsa para reaparecer por el otro lado. Fue ascendiendo hasta recortar su blanquecino color contra el azul del mar. A medida que ascendía se iba perfilando mejor su silueta gris hasta asomar la aleta dorsal sobre la superficie y avanzar varios metros junto a la balsa. René instintivamente se separó de un brinco y se quedó con la vista fija en la aleta que cortaba el agua suavemente a su lado.

—¡Tremendo tiburón!

Pedro se inclinó a observar la mancha de seis pies de largo que nadaba apaciblemente junto a ellos, casi al alcance de la mano.

El Rubio lo miró en silencio durante varios segundos. Sintió un miedo enorme ante aquella bestia. De pronto agarró el remo que estaba a su lado y asiéndolo con ambas manos golpeó con furia la aleta que en esos momentos pasaba junto a él. El agua salpicó profusamente y el remo fue a chocar contra la áspera piel del animal, que con un brusco movimiento de la cola se sumergió debajo de ellos. El ruido del golpe quedó flotando en el aire varios segundos. El Rubio quedó con el remo entre sus manos, esperando ver salir nuevamente la silueta para volver a golpearla. Una tensión sin freno contraía su rostro en una mueca indescifrable de miedo o asco. Estuvo al acecho varios segundos blandiendo el remo como un bate de béisbol. Petrificado en su posición.

—¡Vas a partir el remo, coño! —René le gritó desde su puesto.

—¡Quisiera reventarlo! —se sentó nuevamente.

—¡Míralo allá! —Pedro señaló varios metros detrás de la balsa. La aleta seguía detrás de ellos, pero sin acercarse demasiado.

—Por lo menos lo pusiste a raya.

—Es que no puedo verlo tan cerca —dijo el Rubio con los ojos exageradamente abiertos—. Me da una cosa en el estómago.

La bestia continuó persiguiéndolos solitaria durante mucho rato. Su aleta rompía el agua como una fina quilla. Nadaba haciendo círculos alrededor de la balsa, pero sin acercarse demasiado. Aparecía a la derecha y con un brusco movimiento de su cola se sumergía para reaparecer instantes después detrás o a la izquierda de la embarcación. Trataban de no prestarle atención. No querían mirarla, pero eran atraídos como por un campo magnético hacia aquel animal que se había empeñado en seguirlos. Lo observaban haciendo sus maniobras y el miedo y el odio crecían dentro de ellos. Más que una bestia salvaje era la encarnación de lo peor que les podía suceder esperando el momento oportuno para lanzarse contra ellos y destruirlos.

Tito continuaba ajeno a la tensión que reinaba a

bordo. Estaba sumido en el delirio de la fiebre provocada por la insolación. Su rostro se notaba demacrado y sudoroso. Las mejillas coloreadas por la oscura sombra de la barba hacían resaltar el color rojo encendido de su piel. Los labios blancuzcos y agrietados le ofrecían un aspecto desolador. Constantemente gemía o decía alguna palabra incoherente. Varias veces trató de incorporarse en medio del delirio, pero sus amigos lo tranquilizaban y le mojaban los labios con agua fresca. Ya no reaccionaba a las preguntas que le hacían. Su mundo ahora estaba alejado de la realidad que los rodeaba, sumido en la brumosa visión del delirio.

El sol descendió, apagando progresivamente el brillo de sus rayos sobre la superficie marina. Poco a poco fue perdiendo brillantez hasta quedar convertido en una pálida esfera anaranjada recortada contra el horizonte. El agua refulgía bañada por el dorado esplendor de aquella hermosa puesta de sol. Las pequeñas ondulaciones que formaban las corrientes en su continuo fluir, reflejaban el color naranja creando un resplandor rojizo que acentuaba el de sus pieles quemadas. El cielo por el Este se veía salpicado de blancas motas que se iban deshilachando a medida que el suave viento las empujaba hacia el Norte. La balsa perdida en medio del atardecer avanzaba pausadamente ayudada más por el imperceptible correr de la corriente ascendente del golfo que por el desganado remar de sus tripulantes.

El Rubio descansaba. De pronto rompió el silencio con un grito ronco.

—¡Miren eso!

A veinte metros detrás de la balsa emergieron cuatro aletas que avanzaban una junto a la otra cortando el agua. Sus movimientos acompasados se distinguían desde la distancia en que se encontraban. Parecían una escuadra formada que había recibido la orden de escoltarlos y cumplía a cabalidad la encomienda.

—Parecen delfines —opinó Pedro.

—¡Qué va! —René observaba las cuatro aletas en el agua— ¡Son tiburones! —dijo haciendo un gesto afirmativo con la cabeza.

El grupo de aletas parecía no hacerles el menor caso. Se separaban unos instantes y volvían a sumergirse lentamente para reaparecer al poco rato. Se juntaban y se separaban nadando cada una en distintas direcciones. Cada cierto tiempo desaparecían de la vista durante varios minutos y cuando los de la balsa empezaban a creer que ya los habían dejado de perseguir, aparecían silenciosamente haciendo círculos alrededor de la embarcación. No se acercaban a más de diez metros, pero la constante presencia de los escualos los tenía tensos y ansiosos. Dejaron de remar. Un silencio denso los envolvió. Cada uno perseguía con la vista los movimientos del grupo de tiburones que apaciblemente giraban alrededor de ellos. Una fuerza irresistible les atraía la vista hacia las aletas. Cuando desaparecían esperaban ansiosamente escudriñando cada pulgada de mar, atentos a la inevitable aparición de los animales que con suaves movimientos se mantenían al acecho.

La claridad del atardecer se esfumó imperceptiblemente mientras estaban atentos al maniobrar de los escualos. Las últimas luces del día comenzaron a confundirse con las primeras sombras de la noche. El cielo fue oscureciéndose lentamente mientras las sombras del atardecer incrementaban el tono gris oscuro de la superficie del mar. Poco a poco la noche cayó sobre ellos, dejándolos visibles al plateado resplandor de la luna que muy lejos brillaba cándidamente escoltada por una infinidad de puntitos fosforescentes recortados contra la oscuridad.

La angustia de otra noche en el mar les batía el ánimo, impidiéndoles imponer su voluntad al temor de lo desconocido e irremediable. El silencio a su alrededor era una muralla infranqueable que los separaba de todo lo racional. Se sentían como en una horrible pesadilla, incapaces de controlar la situación por sí mismos. Todo dependía de la suerte, pero ésta desde el día anterior huía de ellos y a cada paso los enfrentaba con situaciones cada vez más difíciles y peligrosas. Desde que se desencadenó la tormenta todo había ido empeorando progresivamente, pero a pesar de todas las desgracias seguían flotando sobre el minúsculo mundo que se habían construido con horas de sueños y esperanzas. Ahora aquellos días parecían tan lejanos y ajenos que los sentían como días y noches de otros. Desde el primer momento trataron de prepararse física y espiritualmente para lo que sabían sería una difícil prueba, pero ni la más fecunda imaginación les hubiera podido dejar entrever la terrible diferencia que existe entre lo que se desea y lo que se consigue. Sabían que sería difícil, pero nunca pensaron que pudiera ser tan difícil, tan horriblemente difícil. Confiaban en sus fuerzas, sin embargo les empezaban a fallar cuando más vitalmente necesario era seguir remando. Ahora necesitaban más la fuerza de la voluntad que la de los músculos. Tenían que doblegar el miedo e imponerse una meta, no importaba lo pequeña que fuera. Tenían que romper la cadena negativa que tiraba de ellos hacia atrás, hacia el mundo del que querían huir, pero que a la vez los desgarraba dejar.

Desde que divisaron las cuatro aletas dejaron de

remar y ahora flotaban a la deriva en medio de la oscuridad de la noche. Cada uno se encontraba inmerso en su contradictorio mundo interior, deseando que algo o alguien los sacara de aquella situación que creían sin salida. Sólo un golpe de suerte podría ayudarlos y lo único que podían era desearlo. Desearlo con todas sus fuerzas, con el corazón y con los brazos.

******

La noche avanzó lentamente dejando escurrir sus horas entre el suave bamboleo de la balsa y el plomizo resplandor de la luna que continuaba de espectadora imparcial. De vez en cuando escuchaban un suave chapotear cerca de ellos y esforzaban la vista tratando de descubrir la presencia de los tiburones que continuaban escoltándolos parsimoniosamente. El tenue resplandor plateado no les brindaba suficiente luz para poder ver a sus perseguidores.

Pedro observaba en silencio la sombra de sus amigos. La silueta maciza de René se enrollaba, haciéndolo lucir más pequeño y gordo. Un resplandor plateado caía sobre su costado desnudo.

El Rubio tenía la cara recostada a la cámara y la luz de la luna se la partía en un complicado contraste de luces y sombras. Apoyaba la mejilla en el dorso de la mano, abrazando con el otro brazo el borde de la cámara. Su nariz se proyectaba como un afilado cuchillo. Ambos parecían dormitar.

En la última cámara Tito había estado prácticamente inmóvil toda la noche emitiendo sordos quejidos y palabras incoherentes.

Pedro no podía dormir, ni siquiera descansar. El vacío en el estómago por el hambre le revolvía las tripas. El frío que le producía la ropa mojada le calaba hasta los huesos. El ardor que sentía en la cara, los hombros y los brazos no le dejaba encontrar una posición lo suficientemente cómoda para relajarse un poco y conciliar al menos una hora de sueño. Una tensión extrema y un gran abatimiento pesaban sobre él. Miró hacia la luna y se resistió a aceptar que aquella misma luna ahora la estaban mirando otras personas sentadas en los balcones de sus casas: "...quizás Raquel y el niño...o la vieja...no, no puede ser que estemos mirando la misma luna."

Las lágrimas fluyeron abundantemente a sus ojos y se arrepintió de todo lo que había hecho para estar ahora allí. Solos y perdidos en medio de la noche. Rodeados de mar a millas y millas de la costa. Se arrepintió y hubiera querido hacer algo, cualquier cosa, para que todo aquello no fuera más que una horrible pesadilla. La angustiosa realidad le hacía sentir que estaba allí y que nada ni nadie en el mundo podría hacer volar el tiempo hacia atrás. Deseaba estar sentado nuevamente en el muro del Malecón el último día, dudando si quedarse o lanzarse junto a ellos. Temía haber hecho la elección incorrecta y ahora se arrepentía de su error. Ya nada lo podría solucionar. Tragó en seco. Un nudo le atenazaba la garganta. Miró a sus compañeros y se sintió responsable por la suerte que corrían. Ellos, ajenos a su drama interior y vencidos por el calor, el cansancio, la sed y el hambre, habían logrado escapar, al menos en sueños, de aquella horrible realidad.

De vez en cuando escuchaba un suave chapotear proveniente del mar. No veía los causantes, pero sabía que muy cerca de ellos el instinto hacía permanecer a los tiburones al acecho de aquella sombra que vagaba a la deriva.

René y el Rubio habían logrado dormirse y Tito ahora se revolvía inquieto, quejándose y delirando sin descanso. Pedro estuvo inmóvil tirado en su cámara largo rato y vio como Tito se incorporó trabajosamente y se sentó. Pensó que se había despertado.

—¿Qué te pasa? —le preguntó en voz baja— ¿Quieres agua?

Tito se volvió a tirar hacia atrás y quedó recostado contra el borde de goma. Su rostro brillaba al resplandor de la luna.

—Las luces...las luces —murmuró en medio del delirio quedándose tranquilo nuevamente durante unos segundos con la cabeza inclinada contra el pecho.

Pedro lo observó y trató de tranquilizarlo, pero ya el otro había regresado a su mundo irreal. La luz de la luna bañaba su pelo negro con un tono plateado azuloso. El rostro quedaba oculto por las sombras y Pedro no pudo discernir si dormía o estaba despierto.

—Tito... Tito... —susurró quedamente— ¿Quieres un poco de agua?

No obtuvo respuesta. Sólo un seco gruñido escapó de la garganta del amigo. Escuchó a sus espaldas un fuerte chapoteo y se viró para ver como el agua se revolvía violentamente junto a ellos a escasos tres metros de la balsa. Trató de distinguirlos y aguzó la vista en la oscuridad. A su espalda la voz de Tito sonó lejana.

—Miami ...las luces...¡Vamos!

Se volvió y quedó petrificado. Trató de gritar, pero un extraño ronquido salió de su garganta. Vio a Tito con el cuerpo inclinado sobre el borde la balsa.

—Miami...las luces...

—¡Tito! —se abalanzó hacia él, enredándose entre las piernas de sus amigos. Cayó sobre ellos.

—¡Mira las luces!

Se incorporó, pero no alcanzó a agarrarlo. Rozó su espalda y lo vio cómo caía al mar haciendo una grotesca pirueta. Una columna de agua se elevó detrás de él y desapareció entre las oscuras aguas.

—¡Tito! ¡Tito! —gritó, desesperado, inclinándose hacia el mar. Esperó a que saliera. El tiempo se detuvo en ese instante. Tito no salía. Pedro casi rozaba el mar con su pecho y alargaba sus brazos hacia donde había desaparecido Tito. Al fin emergió a dos metros de la balsa.

—¡Dame la mano! —le gritó a todo lo que daban sus pulmones— ¡Dame la mano! —casi lo rozó, pero Tito aún no reaccionaba. Quedó durante interminables segundos pateando desesperadamente para mantenerse a flote.

—¡Dame la mano, cojones! —logró atenazarlo por el brazo y lo haló con todas sus fuerzas. El agua se revolvió junto a él y sintió un violento tirón. El brazo del amigo se escapó de entre sus manos y lo vió desaparecer bajo la superficie. Inmediatamente reapareció con los brazos extendidos en dirección a la balsa. Vio su rostro, desfigurado por una mueca de horror, resplandecer un instante bajo los rayos de la luna y sus manos crispadas tratando de aferrarse al vacío en un último gesto de auxilio. Otro tirón y Tito desapareció para siempre de la revuelta superficie del mar. La rebatiña duró interminables segundos. El agua salpicaba y se revolvía violentamente. De pronto cesó tan bruscamente como había empezado.

Todo sucedió en fracciones de segundo. René y el Rubio estaban inmóviles en sus puestos sin comprender aún lo que sucedió. Se despertaron con los gritos y vieron a Pedro inclinado con los brazos extendidos hacia el mar. El resplandor de la luna bañaba su espalda, dándole a la escena un tinte irreal.

—¡Tito! —el Rubio reaccionó y se abalanzó sobre Pedro, empujándolo con fuerza hacia el fondo de la cámara— ¡Tito! —gritó desesperadamente, mirando a su alrededor como si esperara ver aparecer la sombra del amigo entre la oscuridad de la noche.—¡Tito! —el desgarrador grito se perdió en la distancia.

René había observado todo inmóvil. El espanto lo había petrificado sobre el fondo de su cámara como si no creyera lo que sus ojos acababan de ver. Todo era irreal, absurdo. Aquel silencio. Le parecía increíble. Tanta violencia y tanto silencio. Y la luna. Lo habían visto todo tan claro y no pudieron hacer nada. No podía ser real. Se tapó la cara con ambas manos y apoyó la frente sobre el borde de la cámara.

—¡No! ¡No! —sus manos apretaron con fuerza la oscura goma negra sobre la que se apoyaba— ¡No! ¡No! —gritó con miedo y con furia.

Pedro miraba todavía hacia el lugar en que había visto a Tito debatiéndose contra la muerte. Un silencio impenetrable se expandió por toda la inmensidad que los rodeaba. La luna alumbraba la superficie del mar con un mortecino resplandor que le otorgaba al paisaje una siniestra claridad. El mar continuaba calmo y un suave vientecillo del Sur se comenzaba a levantar.

Capítulo Seis

El quinto día el mar amaneció más movido. Pequeñas ondulaciones crispaban la superficie en innumerables crestas salpicando de espuma los lomos de las olas. La balsa cabeceaba trabajosamente en un continuo vaivén. El viento, desde la madrugada, iba levantándose y ahora era una fuerte brisa que refrescaba sus ardientes cuerpos y los empujaba hacia el Norte. En el cielo blancas motas de algodón se aglomeraban hacia el Este ocultando los primeros rayos del sol en aquel fresco amanecer. Una lejana esperanza de lluvia los hacía mirar hacia el Oriente. Deseaban ver avanzar hacia ellos aquella blanca pared que se elevaba sobre el horizonte a muchos kilómetros de distancia.

Flotaban a la deriva viendo correr las nubes en el cielo y sintiendo el continuo golpear de las pequeñas olas contra los bordes de goma. Los remos tirados sobre la balsa indicaban el estado de ánimo reinante. La cámara a la derecha de René estaba vacía. Aquel vacío lacerante era el que los tenía sumidos en un hondo sentimiento de angustia que los volvía huraños y esquivos. Evitaban encontrar sus miradas como si cada uno se sintiera culpable por la ausencia de Tito. En realidad cada uno se sentía responsable a su modo.

René estaba en una posición desde la cual los otros no le podían ver el rostro. De espalda a ellos, encerrado en su mundo, se atormentaba continuamente por el mismo pensamiento. Tenía los ojos enrojecidos y una profunda arruga oscurecía su entrecejo. Constantemente hacía un leve gesto de negación o dejaba escapar un suspiro largo y profundo.

Desde el primer momento Pedro cayó en un estado depresivo que lo mantuvo toda la noche en silencio, repitiendo mentalmente la escena que se había desarrollado frente a él. Se culpaba por no haberle prestado más atención al amigo, sabiendo como se encontraba. La última imagen que guardaba de él era la de su rostro desfigurado emergiendo del mar. Las manos tendidas en busca de ayuda, mientras era desgarrado salvajemente sin que pudiera hacer nada por socorrerlo. Estaba tan cerca. Lo vio morir frente a él. Se sintió culpable y cobarde. Esta demoledora combinación de sentimientos lo tenía postrado, abandonado a la suerte y con la voluntad debilitada.

El Rubio en un primer momento quedó abatido, incapacitado para controlar sus emociones. Después, el mismo sentimiento de culpabilidad por haber sido él quien le propusiera a Tito ir con ellos, unido al miedo feroz de correr la misma suerte, hicieron avanzar sus pensamientos por un sendero más positivo. Comprendió la irreversibilidad de lo ocurrido y sintió que alguno tenía que romper aquel estado de renuncia en el que habían caído. El instinto de conservación pudo más que el dolor de la pérdida. No podían quedarse ahí tirados esperando a que el sol los deshidratara y, enloquecidos por el hambre y la sed, comenzaran a tomar agua del mar. Eso inevitablemente sería el fin. El agotamiento físico, sumado a la debilidad del día anterior, en el que nada más habían comido un pedazo de spam por la mañana y otro por la tarde, iba consumiendo sus escasas fuerzas. Solamente les quedaban dos latas de embutidos.

—No podemos quedarnos así —miró a Pedro y a

René que estaban acurrucados con los ojos abiertos perdidos en sus pensamientos—. Vamos a comernos un pedazo de spam y ponernos a remar.

Las dos latas de conservas rodaban por el fondo de la cámara vacía. Habían perdido sus etiquetas y el brillante metal resplandecía bajo los rayos del sol. El Rubio se estiró y agarró una de las latas. Sólo en ese momento comprendió que no tendrían con qué abrirla, a no ser que Pedro o René tuvieran la cuchilla de Tito. Los cuchillos se habían perdido con la tormenta.

—¿Ustedes tienen la cuchilla?

Pedro y René se miraron y simultáneamente negaron con la cabeza. Sus rostros quemados por el sol y con la piel de los pómulos y la nariz levantada asumieron momentáneamente la misma estúpida expresión de incredulidad.

El Rubio se inclinó sobre la cámara a su lado y palpó alrededor de la circunferencia entre la goma y el fondo de lona. No encontró lo que buscaba. Quedó sentado con la lata entre sus manos. Sus ojos brillaron inquisidoramente.

—¡Presta acá! —René extendió el brazo y el otro le entregó la lata. Le dio vueltas entre sus manos buscando el lugar más débil. Se la llevó a la boca y trató de clavarle un colmillo, poniéndola inclinada y presionando fuertemente su mandíbula contra el borde superior. Dos imperceptibles rayitas quedaron marcadas sobre la superficie metálica. Intentó nuevamente. Los músculos de la mandíbula se contrajeron con fuerza. Volvió a observar la lata. Las rayitas sobre la superficie se profundizaron. A la tercera vez un doloroso escalofrío le subió por el colmillo lastimado.

—¡Trata tú! —se la pasó al Rubio. Este probó, pero

su dentadura no resistió y un fuerte corrientazo lo hizo separar el recipiente de su boca.

—¡Déjame ver! —Pedro cogió la lata y buscó las marcas de los dientes de René. Se la acomodó en la boca y apretó la mandíbula con todas sus fuerzas. Sintió los colmillos resbalando sobre el frío metal. Volvió a observarla y mordió nuevamente. La dura lámina metálica no cedía. Apretó con todas sus fuerzas hasta sentir un agudo dolor.

—Prueba tú otra vez —se la devolvió a René.

Este, después de varios intentos, se la entregó nuevamente a Pedro. En la parte superior quedaron firmemente impresas las marcas de sus dientes. La lata pasó de mano en mano varias veces hasta que lograron abrirle un pequeñísimo agujero por el que René empezó a succionar la grasa líquida del embutido. Su rostro resplandeció.

—Mira a ver si con esto le puedes agrandar más el hueco —le propuso el Rubio quitándose el cinto.

—¡Dame acá! —René se acomodó y presionó con todas sus fuerzas el gancho de la hebilla del cinturón hasta que logró introducirlo en el huequito. Comenzó a forzarla para agrandar el orificio, haciendo girar la hevilla contra la lata. El agujero se fue agrandando hasta alcanzar el grueso de un dedo. René chupó, extrayendo un poco de grasa y le pasó el recipiente a Pedro, que se pegó succionanando ruidosamente.

El olor excitaba sus instintos. Parecían ratas de laboratorio perdidas en el laberinto que las conduce a la comida. No encontraban la combinación para llegar hasta ella. René se desesperó.

—Alcánzame la lata de galletas —le indicó a Pedro—. Aguanta duro para ver si se puede abrir más con la esquina de ésta.

Golpeó secamente el borde agudo del envase de las galletas contra la lata de conservas. Pedro no pudo esquivar y recibió un fuerte golpe en la mano. El recipiente saltó de su mano y el Rubio lo recogió.

—¡Dale aquí! —René se apoyó contra el borde de la cámara y volvió a golpear. La esquina del envase chocó contra el borde, abollándolo y alargando unos milímetros el boquete. René lo cogió entre sus manos y comenzó a forzarlo nuevamente con la hevilla hasta lograr una abertura por la que cabían dos dedos. Luego se lo pasó al Rubio.

—Trata de sacar el spam con los dedos tú, que los tienes más largos.

Fue sacando la pasta entre sus dedos y entregándosela alternativamente a sus compañeros y comiendo él mismo con desesperación. El continuo y descuidado introducir los dedos entre las filosas aristas le provocó algunas cortaditas que sangraban profusamente. La sangre se mezclaba con la pasta que iba extrayendo. Cuando quedaba poco menos de la mitad, interrumpió la repartición.

—Vamos a dejar este poquito para más tarde.

Media lata de spam entre tres hombres hambrientos no podía considerarse una comida. Sus estómagos protestaron. Las tripas se revolvían en el doloroso vacío. Luego empezaron a comer la pasta en la que se habían convertido las galletas, pero el sabor salado rápidamente se hizo insoportable.

—¡Esto lo que da es más sed! —Pedro apartó la lata de su lado— ¡Alcánzame el agua! —le pidió a René.

Bebieron varios tragos y volvieron a colocar el recipiente con agua en el fondo de la cámara vacía. Quedaba poco menos de la mitad.

El tener que esforzarse para abrir la lata los distrajo de sus lúgubres pensamientos y les permitió encontrar una pequeña prueba para imponer sus voluntades. Esto, sin que ellos se percataran, los ayudó a levantar el ánimo.

—Vamos a seguir remando —el Rubio se sentó y agarró un remo mirando hacia Pedro y René para ver cuál de los dos se decidía a acompañarlo. Pedro se pasó a la cámara junto a él.

—¡Dale! ¡Vamos!

Comenzaron a remar. En el cielo se acumularon las nubes hacia el Este. El viento del Sur se inclinaba hacia aquella dirección arrastrando las blancas motas de algodón y aglomerándolas sobre el horizonte. El sol aparecía a cada rato en el espacio azul y brillaba por unos momentos hasta que una nueva mancha impulsada por el suave viento lo ocultaba. El mar continuaba salpicado por los innumerables puntos blancos que dejaban las crestas de las pequeñas olas al enrollarse. La superficie estaba quieta y la balsa cabeceaba, dejándose arrastrar por la corriente que se desplazaba hacia el Norte. La mañana avanzó lentamente mientras ellos seguían remando obstinadamente. Ya cerca del mediodía el viento acabó de desplazar las nubes hacia el Este. El cielo se abrió con un profundo color azul. El sol comenzó nuevamente a castigarlos.

******

Cuando el sol alcanzó su máxima altura, decidieron parar para descansar. La sed era ya dolorosa. Sentían la boca reseca. La saliva era una espesa pasta blancuzca que costaba trabajo tragar.

René se recostó al borde de su goma y vio la cámara vacía a su lado. Sintió la misma opresión en el pecho que experimentó cuando las primeras luces del día iluminaron el vacío que había dejado Tito.

—Es mejor zafar esa goma —se arrodilló mirando a los otros—. De todas formas es un peso muerto que estamos arrastrando.

—Sí, no puedo verla —lo apoyó rápidamente el Rubio.

Pedro asintió y se quedó observando cómo el Rubio y René comenzaban a zafar las sogas que ataban la goma negra al resto de las cámaras.

—Quítale todas las sogas, que a lo mejor nos hacen falta —rompió el silencio.

El Rubio torció el tronco hacia Pedro y en voz baja lo interrogó.

—¿Para qué? ¿Para ahorcarnos?

Por el gesto y el tono de la voz Pedro no comprendió si el Rubio trataba de bromear o si aquella pregunta reflejaba su verdadero estado de ánimo.

El Rubio continuó desatando las sogas en silencio hasta que la cámara quedó totalmente libre. Después la empujó con fuerza, apartándola de la balsa. Se arrodilló y quedó mirando como se separaba. Los tres sintieron lo mismo al ver cómo la goma negra asumía su propio rumbo, impulsada por el fresco vientecillo que continuaba soplando desde el Sur. Era como si abandonaran al amigo a su suerte en medio de la soledad de aquella calurosa mañana, pero era más difícil continuar navegando con la sombra de Tito mirándolos desde su rostro demacrado y barbudo.

La cámara propulsada por la corriente y el viento se

desplazaba con más rapidez que la propia balsa. Poco a poco fue desviando su rumbo al Este. Flotaba a la deriva entre los penachos blancos de las olas. La despedida se prolongó largo rato. La goma vacía se alejaba de ellos cabalgando sobre las pequeñas olas que crispaban la superficie azul. Quedaron sumidos en un profundo silencio, la vista clavada en el negro punto que se perdía para siempre en medio del centelleante resplandor del sol sobre el mar.

René suspiró y se acomodó en su puesto dándole la espalda al lugar por el que acababa de desaparecer la cámara.

—Es mejor así —su voz se ahogó sin que llegara a concluir la frase. Sus ojos se nublaron.

Pedro y el Rubio no hablaban. Se volvieron a sentar, inmóviles. René apartó la cara tratando de ocultar las lágrimas que bajaban por su rostro y se perdían en la maraña de su barba. Después comenzó a hablar con voz ronca.

—Yo estaba claro —se viró hacia la pareja que lo observaba—. El mar no es cosa de juego. Yo lo sabía, pero me dejé embullar como un muchacho —quedó en silencio. Los rayos del sol brillaban sobre su rostro barbudo y quemado—. La noche que nos tiramos yo me apendejé —elevó la vista con los ojos inyectados en sangre buscando la mirada de sus amigos. Pedro la sostuvo hasta que René comenzó a hablar nuevamente—. Tenía miedo de verdad— su vista fue a perderse en el infinito azul del mar—. Si yo no hubiera regresado, ustedes no se habrían tirado y Tito estaría vivo —soltó de una andanada el pensamiento que lo atormentaba y volvieron a chocar nuevamente sus miradas. Desvió la vista hacia el mar y siguió hablando en voz muy baja—.

Cuando llegué a Santa Cruz no podía ni bajarme del camión...las piernas me temblaban —sus manos jugueteaban con un pedazo de soga— Me quedé allí sentado...tenía el presentimiento de que algo malo iba a pasar —su voz era apenas un susurro imperceptible—. Estaba sentado en el camión con un miedo que no me dejaba ni pararme —bajó la vista—. Me sentí tan poco hombre...y tan mierda —hablaba con pasión, recalcando las palabras—. Un pendejo...y yo me creía un tipo probado —sonrió con amargura—. Pero me apendejé —tragó en seco y quedó callado unos instantes con la vista vagando sobre las olas.

Pedro y el Rubio lo observaban sin interrumpirlo. Comprendieron lo difícil que era para él contar aquello. Tenía necesidad de desahogarse. Ellos también necesitaban soltar lo que muy adentro les oprimía el pecho.

—Pero viraste...

—¿Tú sabes por qué? —miró al Rubio—. No tuve valor para decirles que no...me daba pena con Tito —mientras hablaba, iba encontrando nuevas razones para explicarse su comportamiento de aquella noche—. Tito confiaba en mí y yo como...un pendejo...no tuve valor para decírselo. —Volvió a quedar callado unos instantes—. Por mi pendejada... —dejó la frase inconclusa una vez más. La voz le falló y aspiró profundamente—. Si yo se lo hubiera dicho —viró la cara y guardó silencio tratando de recuperar la calma.

—No tienes que culparte de nada —la voz de Pedro rebotó reseca—. Lo que pasó, pasó —hablaba con trabajo—. De todas formas nos tiramos y tú no habías llegado —trató de tranquilizarlo—. Además —siguió con una leve sonrisa en sus labios— a mí me pasó lo mismo. —Miró a René y luego al Rubio— la noche antes de salir estuve a punto de embarcarlos porque me pasó lo mismo que a ti. Tenía miedo. —La sinceridad de René le dio fuerzas. Pedro también necesitaba expulsar aquellos sentimientos que constantemente lo agobiaban— ¿Tú sabes lo que es amanecer cada día maldiciendo y odiando todo a tu alrededor? ¿Sentirte totalmente frustrado sabiendo que existe otro mundo y que uno esté metido en una jaula de mierda por el capricho de un loco? —dijo, sacando sus sentimientos a la luz. Ya no se podía detener—. Cada día lo mismo. Las mismas frustraciones, la misma miseria, la misma mierda y el tiempo pasando y uno desperdiciando su juventud sin tener ni siquiera la posibilidad de probarse como persona. Estar fingiendo las veinticuatro horas del día— se pasó las manos por los brazos quemados—. A veces me daban ganas de meterme un cohete en el culo y desaparecer —lamentó y luego guardó silencio. Ahora René y el Rubio lo observaban detenidamente. Pedro apartaba la vista de ellos. Después de varios segundos continuó—. Es del carajo saber que tienes en tus manos la posibilidad de escapar de todo eso y que a última hora te falte el valor para tomar la decisión. —Miró a sus amigos— Eso fue lo que me pasó a mí. Me faltó valor. —Cambió la vista—. Tenía un miedo del carajo. Miedo de lo que pudiera pasar...la familia...el chama —viró el rostro tratando de ocultar las lágrimas que asomaban a sus ojos. Quedó en silencio mientras los otros rehuían su mirada. Les era difícil verlo llorar—. Yo también tenía miedo —confesó haciendo un gran esfuerzo para mantener firme la voz—. Pero si no me decidía, más nunca hubiera podido oír hablar de hombría...ni de valor ni un carajo... Nunca me lo hubiera perdonado. Sería un mierda para el resto de mi vida —No los podía mirar—. Además...yo fui el que inventó esta mierda —No pudo seguir. La voz se le ahogó en el pecho. Ya nada importaba. Estaban en una situación límite y no sabían lo que podría pasar. Necesitaban abrir sus pechos para que aquellos sentimientos batieran alas. Se preparaban inconscientemente para lo peor.

******

La tarde calurosa dejó correr los minutos en la terrible espera de lo inevitable. El viento soplaba cálido desde el Sur empujando suavemente las nubes que se desgarraban en suave correr hacia el horizonte. Una gigantesca pared blanca se dibujaba a lo lejos contra el azul del Oriente. El Norte estaba más despejado. Escasas nubes moteaban el cielo recreándose en su lento vagar impulsadas por el viento.

El mar se veía salpicado por el blanco penacho de las crestas de las olas. El sol caliente y duro rebotaba sobre la crispada superficie reventando en miles de destellos metálicos. Sobre ellos el cielo se abría deslumbrante dejando caer el fuego abrasador del sol que ya había alcanzado su máxima altura en el sofocante mediodía tropical. La piel de los hombros y rostros les ardía intensamente y sus cabezas hervían bajo los incandescentes rayos. Sentían la sensación de estar brincando sobre las mismas olas, sin desplazarse un milímetro, como si la balsa estuviera pegada al mismo pedazo de mar.

Llevaban cinco días, pero aquel desolado paisaje lo habían estado viendo hora tras hora desde hacía muchísimo más tiempo, repetido infinidad de veces cada minuto desde que lo vieron aparecer lentamente entre las sombras de su primer amanecer en el mar. Hermoso y tranquilo, lleno de promesas y esperanzas.

Ahora era una angustiosa visión que no podían eludir. Sólo cielo y mar en toda la extensión de la vista. Sólo ellos perdidos entre el azul. Bailando de un lugar a otro batidos por las olas. Echados inmóviles en el fondo de sus cámaras con las ropas mojadas y la piel ardiéndoles, requemada por el salitre y el sol. Agotados y abatidos sintiendo que sus esperanzas escapaban con sus últimas fuerzas.

La debilidad de dos días casi sin probar bocado les retorcía las tripas dolorosamente, provocándoles un extraño peso en el estómago. El envase con los restos del spam brillaba incrustado en el espacio en que convergían las tres cámaras.

—Vamos a comernos lo que queda —dijo el Rubio mientras se estiró y cogió la lata. Los otros lo miraron inexpresivamente—. Me duele la barriga del hambre.

Introdujo sus largos dedos por el boquete que le habían hecho al recipiente, los sacó con las puntas embarradas de la pasta y se los chupó ansiosamente. Los volvió a introducir y alargó el brazo hacia René, limpiando la punta de los dedos en la palma de su mano. René se lamió la mano pasándose la reseca lengua. Pedro recibió su parte. El Rubio volvió a introducir los dedos, pero esta vez se quedaron colgando en el vacío sin llegar a tocar el alimento. Se desesperó y presionó tratando de alcanzar los restos del spam que quedaban en el fondo. Una filosa arista metálica se le enterró entre el dedo índice y el del medio provocándole una profunda herida. La sangre roja y tibia apareció inmediatamente tiñéndole en pocos segundos la mano y goteando sobre el fondo de la balsa. Soltó la lata y se agarró la mano. La sangre se escurría entre sus dedos.

—¡Me cago en mi madre! —se apretó la mano

fuertemente, pero la sangre continuó fluyendo abundante, disolviéndose rápidamente en el agua salada y formando oscuras manchas sobre los muslos de su pantalón.

—El olor a sangre va a llamar a los tiburones —René lo dijo desde muy lejos, como si aquello no tuviera la menor importancia.

El Rubio pegó los labios a la herida y sintió el sabor dulzón y tibio en su boca. Apareció la saliva y tragó. El buche le bajó caliente y reconfortante. Continuó con la mano pegada a la boca bebiendo el viscoso líquido que le aplacaba la sed. La sangre sobre sus muslos se fue disolviendo lentamente en el agua que inundaba el fondo de la cámara. Sacó el brazo y lavó la herida y el antebrazo en el mar. Nuevamente se pegó la herida a los labios y quedó recostado al borde de la goma.

Aquella mínima señal fue captada rápidamente por un tiburón. Una aleta enorme, casi verde, apareció junto a la balsa. La podían tocar. Su gruesa piel de lija brilló al resplandor del sol. Se pegó a la embarcación como midiendo fuerzas. La enorme sombra era casi del mismo tamaño que la balsa. Nadaba majestuosamente sobre la movida superficie, rozando la cámara en que iba René.

—¡Rema, coño! —gritó éste asustado, viendo aparecer y desaparecer a su lado la descomunal aleta— ¡Vamos a remar, coño! —cogió el remo, pero vio la aleta junto a él. Se inclinó hacia atrás y sin pensarlo descargó un fuerte golpe contra el lomo del animal. Vertiginosamente la bestia se viró dejando ver por fracciones de segundos su blancuzca panza y de una violenta dentellada partió el remo astillándolo por la paleta.

—¡Dame la lata! —el Rubio la cogió con la mano ensangrentada. Dejó que la sangre corriera sobre la pulida superficie y arrojó la lata varios metros delante del animal, que inmediatamente se separó atraído por el olor.

—¡Remen, cojones! —René comenzó a remar desesperadamente con el pedazo de palo astillado por la punta.

La balsa daba bandazos de un lado a otro. Bajaban y subían aterrorizados cada vez que la balsa se escoraba por el golpe de una ola, temerosos de caer al mar junto al terrible animal. Remaban con fuerza y trataban simultáneamente de mantener la estabilidad de la embarcación, inclinándose a uno u otro lado. El pánico los aturdía y sólo pensaban en remar y remar para tratar de alejarse del lugar donde habían visto al enorme tiburón.

Continuaron remando en medio del encabritado mar hasta que desfallecidos soltaron los remos y se tiraron en el fondo de sus cámaras. No podían contra el hambre, el agotamiento, la sed y el calor que los derrumbaba.

El tiburón no había vuelto a aparecer y las fuerzas que habían sido producto del miedo nuevamente los abandonaron. Quedaron inmóviles sintiendo chocar contra ellos las olas que los mantenían constantemente empapados.

El viento fue amainando a medida que avanzaba la tarde hasta que el agudo silbido se convirtió en un susurro cálido en sus oídos. El sol comenzaba a descender lentamente en su recorrido de regreso al Occidente despidiendo un fulgor abrasador. La balsa era arrastrada imperceptiblemente por la corriente que fluía debajo de ellos inclinándolos al este.

El Rubio estaba recostado al borde de su cámara tratando de arrancar unas tiras a su camisa para vendarse la mano. Una debilidad punzante le oprimía el estómago dándole deseos de vomitar. Cuando terminó de vendarse, recostó la cabeza en la goma negra y miró al cielo. Millones de puntitos brillantes estallaron frente a él. Cerró los ojos y vio centelleantes figuritas danzando alocadamente. Los abrió nuevamente. El resplandor lo cegaba. Quedó tirado un rato con los ojos cerrados. La piel de su rostro y sus hombros se desprendía al menor roce, dejando al descubierto una superficie lisa e irritada que inmediatamente adquiría un color rojizo oscuro al anegársele de sangre los poros dilatados por el calor. El ardor era insoportable. Solamente se aliviaba unos instantes al recibir el fresco contacto con el agua que se escurría rápidamente dejando impregnada la piel de diminutos puntitos de sal.

El sol comenzó a acercarse a la línea del horizonte. La superficie del mar se fue tiñendo de un dorado resplandor que avanzaba hasta ellos despidiendo a las luces del día.

La angustia de una nueva noche sobre la tambaleante balsa los aterrorizaba después de haber visto al enorme tiburón pegado a ellos atraído por el olor de la sangre del Rubio.

El cielo se tornó anaranjado por el Occidente. Los ardientes rayos del sol se ahogaban refulgentes detrás del horizonte. La tarde era de una visibilidad extraordinaria. El mar se terminaba en una irregular línea manchada por numerosos puntitos blancos.

El Rubio abrió los ojos en el momento en que el sol desaparecía perdiéndose en el mar. El resplandor le lastimó la vista y giró la cara hacia el Oriente. De pronto comenzó a gritar alocadamente señalando hacia la lejanía.

—¡Un barco! ¡Un barco!

René y Pedro se sintieron impulsados por una nueva fuerza. Como a veinte kilómetros al Este aparecieron las inconfundibles luces de un barco. La luz del día no se había retirado y lograron ver con perfecta nitidez los brillantes puntitos titilando en la lejanía.

El Rubio abría y cerraba los ojos constantemente tratando de no confundir las figuritas que estallaban frente a sus ojos con las luces del barco. No podía ser una alucinación. Los tres gritaban y hacían desesperadas señales sobre sus cabezas con las camisas y pullóveres.

La silueta del navío se distinguía recortada contra el horizonte con sus diminutas luces emitiendo intermitentes destellos.

—¡Parece que viene para acá! —se hablaban a gritos como si la distancia entre ellos fuera la del barco que avanzaba por el horizonte. La excitación incontenible de aquella visión los afectaba. Gritaban con todas sus fuerzas y agitaban violentamente sus camisas, manteniendo el precario equilibrio de la balsa a fuerza de sacudidas y tirones. De pronto, dos nuevas sombras, con su guirnalda de centelleantes luces, aparecieron en la misma dirección que la primera.

—¡Son tres! —gritaron emocionados al sentir que se les ampliaban las posibilidades.

Los barcos avanzaban hacia ellos lentamente. Uno detrás del otro. Ajenos a las desesperadas señales que les hacían los de la balsa. La claridad de la tarde aún se conservaba intacta sobre el inmenso mar aunque ya el sol había desaparecido totalmente detrás del horizonte.

Durante interminables minutos brincaron sobre el tambaleante fondo de lona gritando al unísono y blandiendo sobre sus cabezas los pullóveres y las camisas. Las siluetas ya se observaban con mayor claridad y se distinguían los niveles de luces de la arboladura del primer barco, pero no daban señales de haberlos visto.

Continuaron brincando y lanzando roncos gritos de auxilio sin pensar en el peligro de caer al mar, haciendo girar las camisas frenéticamente.

—Ahora es que hacían falta las bengalas —dijo con inquietud el Rubio en un momento en que recuperaba la respiración.

—¡Vamos a amarrar las camisas a los remos! —René ató la manga de su camisa al remo y la elevó hacia el cielo como una bandera.

—¡Dame acá tu pullóver que es amarillo! —René le gritó a Pedro.

Se quitó el pullóver rápidamente y lo ataron al extremo del remo, haciéndolo ondear a tres metros sobre el nivel del mar. Continuaron gritando y agitando la camisa y el pullóver en lo alto mientras las siluetas avanzaban entre el movido mar.

Los barcos venían un poco al Sur de donde estaban ellos. Si no desviaban el rumbo, se acercarían hasta formar una perpendicular. Ese sería el momento en que más cerca estarían. La angustia de no ser vistos aumentaba con cada minuto que pasaba y los barcos continuaban sin dar señales de respuesta. Siguieron gritando y agitando los remos durante largos y densos minutos. Cuando la tarde comenzó a perder brillantez y la desesperación de no ser vistos latía ya como una terrible posibilidad, una luz verde se elevó encima del segundo barco brillando en el despejado cielo durante largos segundos.

—¡Es una bengala! —gritaron al unísono— !Nos vieron! ¡Ya nos vieron! —en vez de dejar de gritar y agitar los remos se pegaron a brincar y a gritar aún con más fuerza y desesperación.

Los barcos estaban todavía bastante lejos. La claridad de la tarde les permitía verlos con exactitud y detalles. Cuando se acercaron a unos cinco kilómetros lanzaron al cielo una segunda señal. La bengala verde brilló durante varios segundos. Cayeron arrodillados, exhaustos sobre el fondo de la balsa viendo como lentamente se apagaba el lumínico punto verde en el cielo.

—¡Ya nos vieron! ¡Ya nos vieron! —repetía el Rubio con la voz ronca y entrecortada por la emoción.

—¡Míralos! ¡Míralos! —René aún no lo podía creer.

Pedro se incorporó y continuó agitando el pullóver sobre su cabeza. Las sombras comenzaban a oscurecer el mar cuando vieron unas luces que avanzaban hacia ellos saltando sobre la picada superficie. La noche cayó de un golpe sin que pudieran percatarse en qué momento había oscurecido. La luz se fue agrandando. Escucharon el ruido del motor esforzándose para hacer avanzar a la pequeña lancha que se acercaba con un potente reflector en la borda dirigido sobre ellos. La luz se detuvo como a treinta metros de la balsa.

—¡Help! ¡Help! —comenzaron a gritar desesperados sin poder ver más que aquella potente luz que los cegaba. Desde la lancha una voz en un idioma incomprensible se dejó escuchar.

—¡Help! ¡Help, please! —comenzó a gritar nuevamente Pedro— ¡Water!

—¡Ayúdennos, por su madre! —René les gritaba con las manos en forma de visera sobre su rostro.

La lancha se fue acercando poco a poco hasta situarse al lado de la balsa. El potente reflector continuaba iluminándolos. La noche se cerraba sobre el mar y ellos se sintieron envueltos por el haz de luz. Oían voces, pero no podían ver más que aquella luz que les encandilaba la vista. Las voces se escuchaban con claridad. El idioma les resultaba familiar aunque incomprensible.

—¡Son rusos! —Pedro se viró hacia el Rubio. El miedo nuevamente los paralizó.

Una voz desde la lancha se alzó en inglés con un fuerte acento ruso.

—Who are you? From what ship?

Los de la lancha creían que eran náufragos o traficantes de droga en una fallida operación. Pedro se arrodilló. Le era difícil sostenerse de pie. Con la mano en forma de visera trató de mentir en inglés.

—Our ship... —dijo haciendo hizo un gesto con la mano indicándole que su barco se había hundido—. We are fishmen —chapurreó en un inglés incomprensible.

Los de la lancha volvieron a hablar entre ellos y luego la misma voz se alzó detrás de la pared de luz que los separaba.

—Where are you from? —preguntó con el mismo acento ruso.

—Me está preguntando de dónde somos —se viró hacia sus compañeros buscando la respuesta.

—Where are you from? From what ship? —la voz repitió la pregunta desde el otro lado.

—Diles la verdad. —René tocó a Pedro por el hombro y trató de acercarse al borde de la balsa gateando—. Cuba —se arrodilló frente a la luz con la mano de visera.

—We are Cubans —Pedro trató de explicarle en su lamentable inglés—. Is our ship —dijo golpeando con la palma de la mano el borde de la balsa—. Is our ship —trató de pronunciar mejor.

El reflector continuaba alumbrándolos, pero ahora podían ver el contorno de tres hombres sobre la lancha. Uno de ellos le indicó al que estaba a su lado que girara el reflector. La oscuridad se hizo impenetrable. Poco a poco sus ojos se acostumbraron a ella. El haz de luz ahora se reflejaba sobre el oscuro mar.

—Fidel Castro —dijo sonriente uno de los marineros.

—¡No! ¡Fidel Castro no! —René saltó asustado— ¡Cuba no!

La lancha empujaba suavemente el costado de la balsa. A lo lejos las luces de los barcos brillaban muy juntas unas de otras.

—Is our ship —repitió Pedro—. We want go to United States. —Sacó de los más profundo de sus recuerdos las palabras en inglés aprendidas en la escuela—. We no want Cuba. We want United States.

El ruso no comprendía. Intercambió varias frases con sus compañeros.

—Where is your ship? —no podía creerlo. Miró fijamente el rostro de Pedro. Tenía dudas si eran náufragos o traficantes de drogas perdidos en el mar. No comprendía lo que le trataban de decir.

—Is our ship —Pedro repitió nuevamente golpeando con la palma de la mano el borde de la balsa—. Is my ship —volvió a golpear la balsa.

—Is it your ship? —el ruso se sorprendió— To United States on that thing? —preguntó sin comprender las razones de aquellos hombres— Are you crazy?

Pedro asintió, mirándolo fijamente. René y el Rubio se habían parado junto a él apoyándose uno en el otro.

Los marineros los miraban sin comprender la situación. Intercambiaron otra vez entre ellos y el que parecía ser el jefe tomó un "walkie-talkie" en sus manos. Comenzó a comunicarse con el barco. Hablaba en ráfagas. Al parecer explicándole la situación a sus superiores.

Los de la balsa lo observaban ansiosos. Temían que los fueran a devolver y temían quedarse solos nuevamente en medio del mar. Buscaban en cada gesto del marinero que hablaba por el aparato el menor indicio de sus intenciones. No podían comprender absolutamente nada y esto los ponía más tensos y ansiosos, escuchando aquella maraña de extrañas palabras decidiendo sus destinos sin que ellos pudieran tomar parte en la discusión. Estaban totalmente a merced de la decisión de aquellos hombres ajenos a sus tragedias.

Los otros dos marineros los observaban desde la lancha. Sus rostros fríos y quemados por el sol no dejaban escapar una sola expresión. Parados con los pies abiertos, guardaban silencio.

Desde el aparato se dejó oír una lejana voz metálica. Una frase corta y luego un largo silencio. El del "walkie-talkie" los miró y les dijo algo incomprensible.

—We were four... now three —Pedro se expresaba más con los gestos que con las palabras—. Our friend in the sea...tiburones —le explicó haciendo un gesto como si mordiera sus brazos— Tiburones... our friend —señaló al mar.

El ruso comprendió rápidamente lo que Pedro le quería decir. Los miró incrédulo haciendo un lento gesto de negación con la cabeza.

El aparato continuaba mudo. Esperaban órdenes de sus superiores. Los otros marineros se acercaron más a la balsa, mirándola con curiosidad.

Los minutos en que esperaban el veredicto de los del barco transcurrieron dolorosamente lentos. René y el Rubio seguían parados junto a Pedro apoyados en la borda de la lancha que ya casi se subía sobre la balsa. Pedro miraba hacia el aparato como si esperara ver salir la voz de un momento a otro. El reflector continuaba abriendo un luminoso camino sobre la superficie del oscuro mar. Las luces de los barcos brillaban a lo lejos en medio de la absoluta oscuridad de la noche. Al fin se dejó escuchar la voz metálica del aparato. El que lo sostenía intercambió varias frases y lo silenció.

—These are Soviet military ships —habló despacio tratando de que Pedro comprendiera—. We are going to Cuba —quedó en silencio unos instantes observando la reacción de Pedro. Los ojos claros estaban clavados en su rostro—. We can take you back to Cuba, OK? —cortó la frase para cerciorarse de que se daba a entender.

—¡No! —lo interrumpió sobresaltado Pedro—. We want go to United States —el miedo le hacía temblar la voz—. We no want Cuba...

—One minute! —le cortó el marinero ruso—. We can no change our course...

Pedro se aterrorizó. Creyó que el oficial le estaba diciendo que los iba a llevar con ellos. Instintivamente se echó hacia atrás. El ruso comprendió que Pedro no lo había entendido. Una sonrisa apareció en su rostro.

—We want to help you —le dijo separando las palabras.

—We want go to United States! —repitió Pedro mirando desesperadamente a los ojos claros del hombre—

¡No Cuba!

—The Captain told if you don't want go back to Cuba, we will call the United States Coast Guard Service —volvió a mirarlo serenamente—. No Cuba, OK?

Pedro creyó comprender lo que el marinero ruso le decía y se viró hacia sus amigos.

—Creo que van a llamar a los guardacostas americanos.

René y el Rubio sonrieron y comenzaron a dar las gracias anticipadamente.

—Thank you!

—Thank you!

El hombre volvió a encender el aparato y comenzó a hablar con los del barco. Estuvo hablando unos minutos y después lo desconectó.

—You are crazy! —una imperceptible sonrisa apareció en su rostro—. Now we will bring you some water and food, OK? —observó detenidamente el rostro de Pedro—. Why? —le preguntó tratando de entender las razones de aquellos hombres—. Cuba is not good?

—Is very difficult —no pudo continuar—. You cannot understand...

La noche avanzaba lentamente. La oscuridad envolvía todos los alrededores de aquel punto iluminado en medio del mar. El viento fresco comenzaba a producirles frío. En lo alto la luna se ocultaba entre un manojo de nubes.

—You are at sixty kilometers from the Key West. We are going to call to the United States Coast Guard, but we cannot wait here. Understand?

Pedro asintió aunque sólo había comprendido que

estaban a sesenta kilómetros de la costa. El ruso volvió a hablar esta vez dirigiéndose al Rubio y René.

—Are you OK?

—Que si están bien...

—Yes, yes —respondieron simultáneamente. El Rubio trató de comunicarse.

—Water, please...hungry...

—Now, now —le respondió el marinero.

A lo lejos nuevas luces se acercaban brincando sobre las olas. En pocos minutos estuvieron junto a ellos. A bordo venían tres marineros. Cuando llegaron, se les quedaron mirando como a seres surgidos del fondo del mar. Su actitud resultó más amistosa que la de las dos estatuas que seguían paradas con los pies abiertos. Uno de los que llegó saltó a la lancha que estaba junto a la balsa y les extendió sonriente un saco de lona.

—Water and food —les dijo y se les quedó observando sonriente—. Good! —les hizo el gesto de los pilotos con el puño cerrado y el pulgar levantado— Good!

El que parecía el jefe lo apartó bruscamente.

—We go back to the ship —le extendió la mano desde la lancha a Pedro que se la apretó con las escasas fuerzas que le quedaban. Luego se la extendió a René y al Rubio.

—The American Coast Guard will be here in two or three hours. You understand? Don't worry. You can wait two or three hours more. We cannot wait here, OK?

Sólo ahora Pedro comprendió que se quedarían solos nuevamente en medio del mar. El miedo lo angustió.

—Please wait here! —le pidió en voz muy baja.

—Don't worry! The Americans know exactly where you are. They will be here in two or three hours, OK?

René y el Rubio registraron el saco de lona sacando una a una todas las cosas de su interior. Unos pomos plásticos con agua y limón, un nylon con galletas y varias latas de embutidos. René se acercó al hombre con una lata en la mano y le indicó que no podía abrirla haciendo gestos que lo semejaban a un mono.

—We can not open —Pedro le explicó.

El marinero quedó titubeando unos segundos y después se zafó el cinto del que colgaba un enorme cuchillo comando. Se lo entregó a René, indicándole con un gesto que se quedara con él.

—Thank you, thank you —René repitió varias veces.

—OK. —se separó el ruso—. We go back... —los volvió a mirar y suavemente negó con la cabeza—. Crazy! —se viró hacia las estatuas, impartiéndoles algunas órdenes. Luego se despidió con la mano de los de la balsa. No volvió a mirar hacia atrás. La otra lancha se despegó y avanzó rápidamente sobre las olas en dirección a los barcos. La primera giró y vieron alejarse las luces saltando entre la oscuridad de la noche. Nuevamente quedaron solos observando a lo lejos las titilantes luces de los barcos.

El mar seguía movido y el viento fresco de la noche se enredaba entre sus ropas silbando suavemente. Estuvieron sentados mirando cómo las luces se perdían en la noche lentamente.

—¡Gracias! —Pedro dijo en voz muy baja, como si los rusos lo pudieran escuchar.

—¿Tú crees que les avisan a los americanos? —la

duda comenzó a roerles el ánimo.

—Yo creo que sí —Pedro asintió.

Las luces se iban perdiendo en la lejanía. Algo muy adentro le decía que aquel hombre había comprendido su miedo y su desesperación. No lo creyó capaz de engañarlos en aquellas circunstancias.

—Tendrían que ser muy hijos de puta...

—Ya les deben haber avisado a los americanos —desde su rincón el Rubio hacía conjeturas con la vista clavada en la oscuridad por donde habían desaparecido las luces de los barcos rusos.

—El tipo dijo que los americanos debían llegar en dos o tres horas —recordó las palabras del marinero.

—Estamos a sesenta kilómetros de la costa. No creo que se demoren mucho.

—Con esta oscuridad es difícil que nos vean —René alimentó nuevamente el miedo.

Era cierto. La noche se cerraba negra sobre el inmenso mar. Les costaba trabajo ver sus rostros en la oscuridad y a tres metros de distancia el velo negro se hacía impenetrable.

—No nos dejaron ninguna señal —Pedro pensó en voz alta— ¡Me cago en su madre!

—Tenías que haberle pedido una bengala —el Rubio lo recriminó.

—¿Por qué no me lo dijiste?

—Es verdad. En ese momento yo tampoco pensé en nada —desde la sombra la voz del Rubio sonó hueca.

Estaban tensos escudriñando la oscuridad sin poder ver a más de tres metros. El horizonte era una pared negra frente a ellos. La oscuridad era casi palpable y la balsa continuaba saltando de ola en ola, desplazándose imperceptiblemente hacia el Este empujada por la corriente del golfo que en esa región ya se encaminaba incontenible al Océano Atlántico.

Hacía más de dos días que apenas probaban bocado, pero la bolsa de lona con las latas seguía tirada sin que ninguno le prestara atención. En esos momentos necesitaban, más que comer, ver alguna señal de que los buscaban. Se habían olvidado por completo de aquella dolorosa sensación de vacío que les estrujaba el estómago. Estaban inmóviles y silenciosos con los ojos tratando de penetrar inútilmente la oscuridad que los envolvía. El viento frío de la noche les provocaba mayor ardor en la piel que los propios rayos del sol. El sonido de las olas chocando suavemente contra el borde de goma se escuchaba con una desesperante monotonía. Habían pasado cinco noches en el mar, pero el tiempo que llevaban de ésta era inconmensurablemente mayor que el de todas las noches anteriores juntas. Los minutos se escurrían increíblemente lentos en medio del absoluto silencio que los envolvía. Pasó la primera hora. Las manecillas lumínicas del reloj se pegaban a la esfera sin avanzar, marcando cada minuto con asombrosa lentitud. Hacía horas que escudriñaban la oscuridad. Los ojos le dolían, pero eran las nueve y veinte de la noche.

Cuando creyeron que habían pasado varias horas, Pedro volvió a mirar el reloj.

—Diez menos cinco —anunció en voz baja.

No sabían por qué, pero desde que cayó la primera noche sobre ellos se habían acostumbrado a hablar en voz baja. Las siguientes noches desde que comenzaban a caer las primeras sombras, el volumen de sus voces bajaba a medida que la oscuridad aumentaba. Se habían habituado inconscientemente durante las largas noches pasadas.

El cielo continuaba oscuro y entre las nubes que se divisaban a lo lejos titilaban tenuemente algunas estrellas. La luna seguía oculta tras la cortina de nubes que cubría el cielo a sus espaldas. Las sombras de la noche se establecieron por largo tiempo.

—Diez y media —cantó Pedro desde la oscuridad.

—Ya hace más de dos horas —la voz del Rubio sonó reseca.

—Deben estar al aparecer —se oía a René revolviéndose y chapoteando desde el fondo de su cámara.

Esta era su sexta noche en el mar. Llevaban navegando cinco días, pero cuando pensaban que tendrían que pasar otra noche completa sumergidos en aquella oscuridad impenetrable, les parecía que no lo iban a resistir. La duda comenzaba a martirizarlos viendo que pasaban las horas sin que apareciera ninguna señal de que los buscaban. A las doce ya tenían perdidas las esperanzas de que los rescataran esa misma noche, pero seguían con la vista clavada en la oscuridad esperando ver aparecer de un momento a otro las luces de algún barco.

El mar comenzaba a calmarse y el fresco viento fue cambiando de dirección hasta soplar desde el costado derecho de la balsa. Sentían mucho frío y la humedad les calaba hasta los huesos, haciéndolos temblar acurrucados en sus cámaras.

A las dos de la mañana el cielo se abrió y las estrellas fulguraron como lejanos diamantes en el cielo. La luna asomó por primera vez en la noche, iluminando con su suave resplandor plateado la sombra de la balsa que flotaba a la deriva. Sus tripulantes estaban inmóviles con la vista fija en el horizonte. Los ojos les dolían y tenían la piel erizada por el frío, pero continuaban escudriñando la oscuridad. Los reflejos de la luna rebotando sobre el mar les hacían creer constantemente que unas luces se acercaban.

Las luces aparecieron a las tres y cuarenta, pero no por el mar como esperaban. Venían del cielo acercándose a ellos. Primero vieron un punto luminoso avanzando. Volaban muy bajo. No sentían el ruido del motor. De pronto lo escucharon. El característico sonido de un helicóptero rompió el silencio de la noche. La luz se fue agrandando rápidamente hasta que pasó a cien metros encima de ellos. Comenzaron a gritar y a hacer señales con sus camisas. El helicóptero siguió a lo largo sin verlos, alumbrando con un potente reflector la superficie del mar. El haz de luz pasó a menos de cincuenta metros del lugar en que flotaba la balsa, registrando meticulosamente cada pulgada de mar. Lo vieron girar cambiando de dirección. Primero dejó de escucharse el sonido del motor y después las luces brillantes se alejaron en dirección Norte.

Se quedaron parados tambaleándose mucho rato después que las luces desaparecieron. Silenciosos y angustiados. Esperando verlas aparecer de nuevo. Creyendo que volverían de un momento a otro.

A las cinco de la mañana por el Oriente comenzó a clarear. Un tenue resplandor iluminaba el horizonte desperdigando la penumbra de la noche. La claridad fue subiendo por el cielo muy lentamente, segundo a segundo, luchando contra las últimas sombras de la noche. Junto a la embarcación aparecieron numerosos pececillos que chocaban contra el borde de la balsa arremolinando el agua en busca de alimentos. A las seis y diez de la mañana el día ya había superado la barrera de la noche y los tres hombres continuaban con los ojos adoloridos clavados en el horizonte frente a ellos.

Capítulo Siete

La aurora del sexto día los encontró sentados en el fondo de sus cámaras con las miradas fijas en el horizonte. Se sentían desfallecidos. La noche fue larga y la tensión constante de querer ver aparecer nuevas luces en el cielo o en el mar los mantenía alertos. Los ojos le ardían tanto como la piel. Tenían los labios cuarteados por el salitre y el sol. La tibia brisa susurraba a su alrededor formando pequeñas ondulaciones sobre la superficie del agua.

El sol salió rojo. El cielo por el Oriente se tornó incandescente a medida que el astro comenzaba su lento ascenso. Las nubes coloreadas por los primeros rayos adquirían múltiples tonalidades. El amanecer calmo y fresco espantaba el recuerdo de la interminable noche.

—Las seis. —Pedro estuvo martillando una a una todas las horas de la madrugada. Ahora comenzaba el conteo del día.

René estaba tirado, ya casi totalmente sumergido con los pies sobre el borde de la cámara. Su oscura barba enredada se veía salpicada de brillantes puntitos de sal. Apoyó la cabeza sobre la goma y cerró los ojos.

—Tengo unas ganas de acabar con todo esto —habló con los ojos cerrados y suspiró profundamente. Quedó en silencio con los pies y los hombros sobresaliendo sobre el borde de la goma.

El Rubio se sentó y cogió el saco que les habían dado los rusos. Sacó el nylon con galletas y un pomo de agua.

—¿No quieres?—le preguntó a Pedro, extendiéndole las galletas.

—Dame el agua —ya no sentía hambre. Tenía el estómago estragado y sabía que no podría tragarse aquellas resecas galletas. Bebió unos sorbos.

—Tiene limón—el agua fresca le cayó dolorosamente en el estómago. Hizo una mueca.

—¿Qué pasa?

—El agua...

—Tómala despacio —le dijo el Rubio.

—¿Tú sabes lo que quisiera? —le preguntó—. No quiero ni agua ni comida. Ahora lo que quiero es estar seco acostado en una cama con las sábanas blancas y oliendo a limpio —lo miró entrecerrando los ojos—. En mi casa...

—Yo lo que quiero es que acaben de llegar. —René se inmiscuyó en la conversación—. Ya no aguanto más. —Su voz sonó hueca.

—Ya ahorita vienen —el Rubio le respondió en voz muy baja— Ya pasamos lo peor.

—Parece increíble todo esto. —Pedro se salpicó la cara con agua de mar.

Habían estado seis días en el mar y a cada momento sentían que no podían más, que no tendrían fuerzas para resistir, pero siempre el miedo les daba nuevas fuerzas. Ahora lo único que podían hacer era esperar, pero no les alcanzaban las fuerzas para eso. Querían que volaran las horas y que todo aquello pasara de una vez. Tenían alimentos y agua, pero las fuerzas los habían abandonado.

Si no hubieran visto los barcos y los rusos no les hubieran dicho que los recogerían, estarían remando desesperadamente con los estómagos vacíos y la garganta reseca sacando fuerzas del miedo. Ahora estaban en el momento del abandono. A expensas de que otros los salvaran. Era como si hubieran cumplido su parte y quedaran esperando que los otros cumplieran con la suya. No podían más.

—Ocho y diez.

La balsa flotaba a la deriva sobre la brillante superficie del mar. Un punto negro perdido en la llanura azul. Avanzando lentamente y asustando a miles de pececillos que subían a la superficie junto a ella, picoteándola y revolviéndose. Eran miles de todos los colores. Pequeños y más grandes. Verdes y azules. De rayas. Brillantes y plateados. René los observó largo rato en silencio con la mandíbula apoyada contra la cámara. Los sentía debajo chocando contra la lona y rozándola.

—El mar es para los peces.

Pedro lo escuchó. Primero sonrió, pero inmediatamente se percató, por primera vez en su vida, de que era una monumental verdad. Llevaban seis días navegando. Casi sumergidos en el mar. Sólo separados por una fina capa de lona y algunas sogas entretejidas de un mundo que no les pertenecía y no los aceptaba. Se los había hecho saber a cada momento. Con los más disímiles recursos. Haciéndoles sentir que eran unos extraños en aquel mundo de silencio. Desde siempre el hombre se había hecho a la mar, pero siempre pagando un precioso tributo. Siempre dependiendo de la suerte. Siempre tratando de burlarlo. No importaba sobre que navegara. Lo mismo se hundían las balsas que los acorazados. El hombre no podía dominarlo. Lo que más podía era tratar de descifrarlo para conocerlo. Para tratar de engañarlo. Pero no lo podía enfrentar. Ahora comprendió por qué el día de la tormenta pudo alcanzar la balsa sólo cuando se dejó llevar por la ola. Volvió a reproducir en su mente aquel momento y encontró la verdad.

—El mar es para los peces —miró a René que continuaba con la mandíbula recostada al borde la cámara perdido en el burbujeante mundo que se extendía bajo él.

El sol seguía reverberando. Comenzaba a castigarlos nuevamente despidiendo un calor abrasador. El cielo estaba totalmente despejado en toda la extensión de la vista. Contra el horizonte se dejaba ver un tenue velo blanco que caía sobre el mar provocando una transparencia nebulosa. El vapor ascendía en oleadas suaves y tibias. La superficie fue adquiriendo vida con pequeñas ondulaciones extendiéndose alrededor de ellos. La balsa se desplazaba a la deriva alejándose imperceptiblemente del punto en que los barcos rusos los habían divisado.

Sentían que avanzaban al oír el débil rozar del agua contra el fondo y los lados de la balsa. Pero nada cambiaba. El paisaje era el mismo que el de las seis de la mañana, que el de las ocho. El mismo de todos los días anteriores, pero más claro. Insoportablemente más claro y silencioso que todos los días anteriores. Llevaban la cuenta de los días, minuto a minuto. Hora por hora. El tiempo que llevaban mojados dando tumbos en un mar revuelto o flotando sobre un mar desesperadamente calmo no se correspondía con el tiempo que indicaban las manecillas del reloj. Recordaban la primera madrugada y el primer día de estar en el mar y les parecía que habían pasado mucho más de seis días con sus largas noches de miedo y desesperación. Era un recuerdo lejano y borroso el del primer contacto con el mar, cuando a tres pasos a sus espaldas podían pisar firme sin sentir un vacío a cada sacudida de la balsa. Hacía tanto tiempo. Les parecía tan lejano aquel momento como si no perteneciera a sus recuerdos, sino a la memoria de los que ahora pisando tierra firme caminaban a cualquier lugar. Ellos seguían allí esperando ver una silueta que no aparecía por mucho que esforzaran la vista escudriñando el horizonte pulgada a pulgada.

Cuando las manecillas del reloj estaban a punto de marcar las diez y veinte escucharon un ruido. Primero un lejano ronroneo que aumentaba rápidamente. Sólo después vieron un punto negro que venía hacia ellos. Lo vieron acercarse a baja altura. No se habían percatado y el ruido les llegó primero que la imagen. Comenzaron a gritar y a hacer señales, pero la avioneta pasó a más de quinientos metros de distancia. Era una avioneta blanca y roja. Hizo un círculo sobre ellos y se alejó girando nuevamente hacia el Norte.

—¡No nos vieron! —no lo podían creer— ¡No nos vieron!

Se quedaron esperando arrodillados, pero el horizonte por el Norte continuaba desierto. El sol metálico rebotaba sobre la superficie del mar creando una reververencia que molestaba la vista. Los ojos les ardían. Se les hacía difícil respirar el aire caliente que los envolvía. La balsa se deslizaba entre las ondulaciones del mar, arrullando en un suave murmullo el desesperante silencio. El cielo continuaba absolutamente azul. Era un azul irreal, limpio y profundo como hasta ahora nunca lo habían visto.

De pronto unos puntos blancos irrumpieron en el

cielo. Tres gaviotas volaban una junto a la otra haciendo lentas maniobras en el aire. Descuidadas y seguras. Las vieron acercarse desde el Oeste. Eran las primeras señales de que la tierra no podía estar tan lejos. Se quedaron observando cómo volaban sobre ellos, dirigiéndose hacia el Este. Batiendo sus alas rítmicamente se alejaron y fueron girando lentamente hacia el Norte hasta que se perdieron de vista. Silenciosa e inesperadamente como habían aparecido.

Pedro quedó contemplando el cielo. Los rayos del sol caían ardientes sobre su rostro. Bajó la vista y lo vio. Borroso como un sueño. Sólo un punto blanco recortándose contra el horizonte. Una pequeña mancha blanca entre el azul del mar. Avanzaba en línea recta hacia ellos rompiendo el mar con su filosa proa. Se trató de incorporar, pero no pudo.

—¡Allá vienen! ¡Ahora sí! —el Rubio comenzó a gritar—. Se quitó el pullóver y empezó a hacer señales frenéticamente sobre su cabeza— ¡Míralos, coño!

Pedro oyó los gritos del Rubio desde muy lejos. Sintió mareos y unas terribles ganas de vomitar. Se le nubló la vista y frente a sus ojos estallaron millones de puntitos brillantes que saltaban alocadamente. Se trató de arrodillar, sintiendo unos calientes buches que le subían a la garganta. El Rubio seguía gritando desde muy lejos.

La nave avanzaba rápidamente levantando paredes de agua a ambos lados de la proa. Saltaba sobre las olas. Al poco rato, se oyó el rugir de sus potentes motores. El cielo continuaba increíblemente azul.

—¡Cuatrocientos cincuenta y cuatro! ¡Cuatrocientos cincuenta y cuatro! —el Rubio gritó el número que ya se veía en el costado de la nave.

Desde el fondo de la balsa Pedro miraba como a una visión el barco que se acercaba. Era real. Allí estaba rompiendo la ola con su afilada quilla. Los puntitos brillantes seguían estallando frente a sus ojos, pero veía el barco avanzar majestuoso hacia ellos.

—¡Lo logramos Pedrito! ¡Lo logramos! —el Rubio gritaba sin parar.

Pedro lo oyó desde muy lejos. Lo vio flotando en el aire sin poner los pies en la balsa. René muy lejos también gesticulaba. Pedro no oía su voz. Pensó que era como un televisor al que le habían bajado el volumen. Trató de incorporarse y cayó sobre el fondo de lona de la balsa.

—!Qué ridículo! —pensó-. Me voy a perder el final —la vista se le comenzó a nublar.

Siempre había imaginado que llegarían al atardecer a una playa de arenas blancas y que las palmeras sacudirían sus penachos en la suave brisa de la tarde, pero él estaba allí. Tirado en el fondo de la balsa y en medio del mar. Hubiera querido llegar a una playa con cocoteros, pero estaba allí, casi inconsciente sobre aquella balsa. Mirando a lo lejos un barco que se acercaba, pero que no sabía si era real. Lo veía avanzar hacia ellos. El sol resplandeciendo sobre sus cristales. El agua que levantaba la proa como una cálida llovizna salpicando el cielo y detrás, increíblemente cerca, una hermosa playa de arenas blancas. Las palmeras sacudían suavemente sus penachos en la suave brisa de la tarde. Millones de lucecitas se encendieron en el cielo. Un joven musculoso con una bermuda floreada los saludaba alegremente desde la orilla escoltado por muchachas con coronas de flores en sus cabezas. Les decían adiós.

"¿Por qué adiós si acabamos de llegar?" —pensó.

El brillo de las lucecitas le encandiló la vista. El cálido viento se enredó en sus cabellos. La visión se esfumó y llegó la realidad.

Se vio sentado en el Malecón. Estaba indeciso y tenía miedo, pero por encima del temor una visión atrapaba su mente. Una balsa pequeña en medio del mar. Cuatro hombres barbudos y quemados por el sol saltaban mirando a lo lejos una playa de arenas muy blancas. La brisa de la tarde mecía suavemente las copas de las palmeras. Ahora se desarrollaba frente a él la escena de aquel sueño, pero faltaba la playa y faltaba un hombre

Fin

NOTA DEL AUTOR

En agosto de 1994, tras numerosos secuestros de embarcaciones por parte de ciudadanos cubanos que querían escapar del país hacia Estados Unidos, el gobierno de la isla levantó la vigilancia de las costas. En pocos días más de treinta mil personas se lanzaron, en increíbles embarcaciones, en busca de la libertad, que creían encontrarían al otro lado del Estrecho de la Florida.

En setiembre del mismo año, los gobiernos de Cuba y Estados Unidos llegaron a un acuerdo migratorio.

Cuba se comprometió a impedir, "por métodos persuasivos", las salidas ilegales del país.

A cambio, Estados Unidos, por primera vez desde 1959, le cerró las puertas del país a los "balseros" cubanos, negándoles el asilo político.

En la fecha de publicación de este libro, casi treinta mil refugiados cubanos permanecen detenidos en las bases militares estadounidenses de Guantánamo y Panamá, viviendo en condiciones infrahumanas y sin esperanzas de lograr el sueño por el que se lanzaron al mar arriesgando sus vidas y muchas veces las de sus familias.

Sus historias también tendrán que ser contadas.

Colección Letras de Oro

Para pedir estos libros, indique los títulos de las colecciones o los libros que desea. Incluya su nombre y dirección; un cheque o giro (US$) o el número de su tarjeta de crédito; y el franqueo ($1.24 doméstico; $1.36 internacional) por cada libro. Sírvase dirigirse a: North-South Center Publications
University of Miami
P.O. Box 248205
Coral Gables, FL 33124-3027

❑ **AÑO I (1986-1987): $30.00.**
Incluye los siguientes volúmenes:

❑ POESIA: Andrés Reynaldo, *La canción de las esferas*. $5.

❑ ENSAYO: Eduardo Neale-Silva, César Vallejo, cuentista: *Escrutinio de un múltiple intento*. $10.

❑ TEATRO: Guillermo Schmidhuber, *Por las tierras de Colón*. $5.

❑ CUENTO: Hiber Conteris, *Información sobre la Ruta 1*. $5.

❑ NOVELA: Guillermo Rosales, *Boarding Home*. $8.

❑ NOVELA ESTUDIANTIL: Alejandro Varderi, *Para repetir una mujer*. $8.

❑ POESIA ESTUDIANTIL: Noel Jardines, *Pan caníbal*. $5.

❑ **AÑO II (1987-1988): $30.00.**
Incluye los siguientes volúmenes:

❑ CUENTO: Manuel M. Serpa, *Día de yo y noches de vino y rosas*. $5.

❑ ENSAYO: Víctor Fuentes, Buñuel: *Cine y literatura*. $8.

❑ NOVELA: Ana María Delgado, *La mitad de un día*. $8.

❑ POESIA: Ximena Alén Fischer, *De este mundo y el otro*. $5.

❑ TEATRO: Francisco Ruiz-Ramón, *El Inquisidor*. $8.

❑ TRADUCCION: Sylvia Ehrlich Lipp, *In the Shadow of the Owl (A la sombra del búho, de Luisa Mercedes Levinson)*. $8.

❑ **AÑO III (1988-1989): $30.00.**
Incluye los siguientes volúmenes:

❑ POESIA: Graciela Reyes, *Que la quiero ver bailar*. $5.

❑ ENSAYO: Roberto Valero, *El desamparado humor de Reinaldo Arenas*. $12.

❑ TEATRO: Raúl de Cardenas, *Un hombre al amanecer*. $5.

❑ CUENTO: Celestino Cotto Medina, *Niñerías de los años cincuentipico*. $8.

❑ NOVELA: Ana María del Río, *Tiempo que ladra*. $8.

❑ TRADUCCION: Elizabeth Umlas, *You Will Die in a Distant Land. (Morirás lejos, de José Emilio Pacheco)*. $8.

❑ **AÑO IV (1989-1990): $30.00.**
Incluye los siguientes volúmenes:

❑ POESIA: Javier Campos, *Las cartas olvidadas del astronauta*. $5.

❏ ENSAYO: Eduardo Lolo, *Las trampas del tiempo y sus memorias*. $8.
❏ TEATRO: Fernando Villaverde, *Cosas de viejos*. $8.
❏ CUENTO: Amir Hamed, *Qué nos ponemos esta noche*. $5.
❏ NOVELA: Darcia Moretti, *Los ojos del paraíso*. $12.

❏ AÑO V (1990-1991): $30.00.
Incluye los siguientes volúmenes:
❏ POESIA: Alina Galliano, *La geometría de lo incandescente (en fija residencia)*. $5.
❏ ENSAYO: Jesús J. Barquet, *Las peculiaridades del grupo Orígenes en el proceso cultural cubano*. $5.
❏ TEATRO: Antonio García del Toro, *La primera dama*. $5.
❏ CUENTO: Lucía Guerra, *Frutos extraños*. $8.
❏ NOVELA: Alfred Rodríguez, *Ella*. $8.

❏ AÑO VI (1991-1992): $30.00.
Incluye los siguientes volúmenes:
❏ POESIA: Marcela del Río, *Homenaje a Remedios Varo*. $5.
❏ ENSAYO: Claudia Ferman, *Política y posmodernidad: Hacía una lectura de la antimodernidad en Latinoamérica*. $12.
❏ TEATRO: Antonio García del Toro, *Ventana al sueño*. $5.
❏ CUENTO: Fernando Villaverde, *Los labios pintados de Diderot y otros viajes algo imaginarios*. $8.
❏ NOVELA: Daniel Torres, *Morirás si da una primavera*. $8.

❏ AÑO VII (1992-1993): $30.00
Incluye los siguientes volúmenes:
❏ POESIA: Juana Rosa Pita, *Una estación en tren*. $5.
❏ ENSAYO: Lourdes Tomás Fernández de Castro, *Fray Servando alucinado*. $12.
❏ TEATRO: Manuel Márquez-Sterling, *La Salsa del Diablo*. $5.
❏ CUENTO: José Rodríguez, *No más canciones para los muchachos muertos*. $8.
❏ NOVELA: Carlos Victoria, *Puente en la oscuridad*. $8.

❏ AÑO VIII (1993-1994): $35.00
Incluye los siguientes volúmenes:
❏ POESIA: Carlos A. Díaz Barrios, *La claridad del paisaje*. $6.
❏ ENSAYO: Julio E. Noriega, *Buscando una tradición poética quechua en el Perú*. $13.
❏ TEATRO: Marcos Casanova, *La libertad prestada*. $6.
❏ CUENTO: Mayra Santos Febres, *Pez de vidrio*. $9.
❏ NOVELA: Ernesto Ochoa, *Balseros*. $10.